Helen R. Meyers

Mi apuesto vecino

Editado por HARLEQUIN IBÉRICA, S.A.
Núñez de Balboa, 56
28001 Madrid

I.S.B.N.: 978-84-687-5635-6
Depósito legal: M-31917-2014
Editor responsable: Luis Pugni
Impresión en CPI (Barcelona)
Fecha impresión Argentina: 3.8.15
Distribuidor exclusivo para España: LOGISTA
Distribuidor para México: CODIPLYRSA
Distribuidores para Argentina: Interior, DGP, S.A. Alvarado 2118.
Cap. Fed./Buenos Aires y Gran Buenos Aires, VACCARO HNOS.

Capítulo 1

H UMPHREY? Ven aquí, chico. Buen perro. Ya
es hora de volver.

Brooke Bellamy se sentía de lo más estúpida.
¿Cómo demonios convencías a un perro para que re-
gresara a su casa cuando sabía que no encontraría allí
lo que más deseaba?

Aunque era casi medianoche, hacía bastante calor.
Cualquiera con un mínimo de sensatez estaría en su
casa disfrutando del aire acondicionado.

—¡Oh, no! —gimió al descubrir un nuevo hoyo
junto a la verja, confirmando sus peores temores: el
adorado basset hound de su tía Marsha se había vuelto
a escapar.

El domingo anterior, la septuagenaria tía Marsha
se había caído en la ducha fracturándose la cadera. En
cuanto había recibido la noticia, Brooke había hecho
la maleta para trasladarse de su casa en Turtle Creek,
Dallas, hasta la de su tía, en Texas. Jamás se habría
imaginado que su vida sufriría tamaño vuelco en tan

poco tiempo. Y ya era el segundo en un mes, pues tampoco se había imaginado que ella, la hija del magnate Damon Bellamy, se iba a quedar en paro.

—¡Humphrey! —susurró angustiada—. ¿Dónde estás? Vamos, chico. Será mejor que vuelvas antes de que te atropellen —añadió, aunque lo cierto era que a esas horas no circulaba ni un coche por las calles de la pequeña ciudad de cuatro mil habitantes.

No hacía ni diez minutos que había dejado al animal en el patio para darse una ducha. Para alguien que se movía a la velocidad de un armadillo, Humphrey debía de haber pensado que se trataba de una oportunidad única para poner sus cortas patas en movimiento. A saber dónde se encontraba y cuándo volvería. Vestida con un camisón, no estaba de lo más presentable para recorrer el barrio en busca de la criatura. Y sin embargo, que Dios la protegiera si tenía que confesarle a la tía Marsha que había perdido a su preciado compañero de los últimos diez años.

Iluminó con la linterna el portón de la verja y se apresuró a salir a la calle en busca de huellas embarradas que le ofrecieran alguna pista. Que esperara encontrar huellas cuando hacía días que no había llovido, reflejaba el cansancio y la creciente ansiedad que experimentaba.

—Humphrey, hora de dormir. Vamos a comer una galleta.

El soborno había funcionado el domingo por la noche, la primera vez que se había escapado. Una variante también había tenido éxito la noche anterior, pero al parecer en esa ocasión no iba a ser así. Humphrey era muy listo y los perros no sufrían demencia, ¿o sí?

—¡Humphrey, siéntate! ¡Quieto! —según su tía, ni una explosión nuclear conseguiría que su mascota se moviera tras oír esa orden—. Supongo que depende de quién pronuncie la orden —murmuró.

Cada vez más preocupada, iluminó con la linterna el agujero cavado por el perro.

—Otra vez a las andadas por lo que veo.

Brooke se volvió bruscamente. Absorta en sus cavilaciones no había oído llegar al doctor Gage Sullivan, el veterinario local, dueño de la clínica veterinaria de Sweet Springs. La noche anterior le había sido de gran ayuda. El alivio que sintió habría sido mayor si hubiera ido vestida con ropa de calle y no en camisón.

—Hola, doctor. Sí que trasnochas para ser alguien que abre la clínica casi al amanecer —a pesar de la poca luz, Brooke sintió un fuerte impulso de cruzar los brazos sobre el pecho.

—Por suerte para ti, voy retrasado con el papeleo —Gage iluminó con su propia linterna la vía de escape de Humphrey—. Al parecer ha sido un trabajo rápido. A este ritmo no va a necesitar que le corten las uñas en una buena temporada. ¿Cuándo lo viste por última vez?

—Hará unos diez, quizás quince, minutos. Llevo cinco aquí fuera llamándolo. No debería haberle concedido tanto tiempo para él solo, pero me moría de ganas de darme una ducha.

—¿Crees que Humph necesita tiempo para él solo?

—Siempre que quiere… bueno, ya sabes, me mira de esa forma —Brooke sonrió, consciente de lo ridícula que debía de sonar.

—Te estaba engañando, novata —Gage soltó una carcajada—. Ese perro es como un carterista.

—¿Y qué sabes tú de carteristas? —preguntó ella con escepticismo ante la analogía elegida.

—En mi árbol genealógico hay una oveja negra —Gage se encogió de hombros.

—¿En serio? —Brooke estudió el atractivo rostro,

típicamente estadounidense, enmarcado por la abundante cabellera color castaño, todavía húmeda tras la ducha.

—Fue cuando mi tío era joven. Tras algunos incidentes con la ley, triunfó con la magia.

Brooke no sabía si tomárselo en serio o no. Solo había mantenido tres breves conversaciones con Gage Sullivan y había llegado a la conclusión de que era muy tranquilo y amigable. Su tía no paraba de cantar sus alabanzas, pero, por el momento, no había ninguna señal del hombre serio y disciplinado que describía Marsha. En el atractivo rostro se dibujó una sonrisa de perplejidad. De no haber elegido la profesión de veterinario, habría sido un buen profesor de instituto. Al menos las alumnas habrían podido fantasear sobre él.

—¿Crees que es sensato contarle eso a una extraña? —preguntó Brooke. No era dada a los chismorreos, ni era momento para representar una comedia, o lo que hiciera ese hombre.

—Lo mejor es desprenderte cuanto antes de los detalles más incómodos. ¿Has mirado debajo de ese bonito BMW 650I tuyo?

La joven desvió la mirada hacia el descapotable plateado antes de reanudar la inspección del rostro del altísimo veterinario.

—Eh… claro. Y te deshaces de los detalles incómodos, porque…

—Porque voy a pedirte una cita. Cuando Marsha se encuentre mejor y no estés tan agobiada.

Brooke lo miró perpleja sin saber qué contestar. Desde luego era un hombre muy atractivo, fuerte y evidentemente a gusto en su piel, a pesar de que la camiseta blanca y los vaqueros se pegaban a su cuerpo como si no hubiera tenido tiempo de secarse tras la ducha. Comparándose con él, sucumbió al fin al impulso de cubrirse el pecho con los brazos.

—Vas muy deprisa, doctor.

—Mis padres no estarían de acuerdo contigo, considerando que tengo treinta y seis años y sigo soltero. Pero… —añadió con placer casi infantil— juego con ventaja puesto que he visto algunas fotos tuyas en casa de Marsha. También he disfrutado de su delicioso parlamento sobre tus bondades como sobrina, y lo lista que eres. Todo ello me convenció para intentar causarte una buena impresión antes de que todo el mundo descubra que has regresado a la ciudad.

—La buena de la tía Marsha —Brooke rio—. En serio, doctor, puede que haya nacido y me haya criado en Texas, pero te aseguro que nadie se suicidó después de que mi padre decidiera que nos trasladásemos a Houston tras la muerte de mi madre —agitó una mano en el aire y cambió de tema—. En cuanto a Humphrey ¿crees que si le llamas tú vendrá? La tía Marsha me ha contado lo mucho que te quiere.

—Hasta que le pongo el termómetro o le hago un análisis de sangre —murmuró él antes de emitir un sonoro silbido y llamar a voz en grito—. Humph, ven aquí, chico.

La noche anterior, el perro había respondido con un ladrido a dos casas de distancia antes de bambolearse hasta el camino de entrada de Gage, ansioso por disfrutar de la ansiada compañía y la galleta prometida por Brooke. Sin embargo, tras un prolongado silencio, la joven suspiró.

—Será mejor que me vista para llevar a cabo una búsqueda más amplia.

—Me pondré a ello mientras tanto.

Un sentimiento de culpa obligó a Brooke a protestar.

—Te lo agradezco, doctor, pero…

—Gage.

—Solo quería decirte que soy consciente de que debes de estar muerto de cansancio —Brooke le dedicó una ligera mirada de reprobación ante el descarado flirteo—. Deberías descansar.

—¿Y crees que voy a poder descansar sabiendo que estás ahí fuera tú sola? Podrían atacarte.

Brooke lo miró pensativa. En todo el condado de Cherokee no había más de cincuenta mil personas, y la mayoría vivía en zonas como Rusk, al noreste.

—Mi tía asegura que Sweet Springs sigue siendo una ciudad amistosa y que este es uno de los barrios más tranquilos.

—Es verdad, pero ¿y si te encuentras a Humphrey peleándose con una mofeta rabiosa, o una madre mapache protegiendo a sus crías?

El estómago de Brooke se encogió. Desde luego no le apetecía enfrentarse a ninguno de los dos escenarios. Aunque la tía Marsha era como una madre para ella, sobre todo desde la muerte de su madre cuando contaba apenas doce años, no compartía su amor por las mascotas. Y en cuanto a las criaturas salvajes, preferiría saberlas exiliadas en el campo o algún zoológico.

—Demasiada información —observó Gage al percibir la desazón de la joven—. Ponte mi cazadora, la tengo siempre colgada detrás de la puerta—. Te ahorrará tiempo y podremos buscar juntos.

El veterinario regresó a su casa a largas zancadas y entró en el edificio de dos plantas de estilo colonial. Brooke lo siguió con escaso entusiasmo. ¿Había dicho en serio lo de pedirle una cita? Esperaba que no. Desde su llegada se había mostrado atento y servicial, y desde luego no podía negarse su atractivo. Siempre le estaría agradecido por encontrarse en la calle el domingo por la mañana y oír los gritos de la tía Marsha. Por otra parte, no estaba allí para salir con nadie, sobre todo porque sus planes eran regresar a Dallas para recuperar su carrera lo antes posible.

—Gracias —Brooke se puso la cazadora e intentó sacar por fuera los húmedos cabellos rubios, pero las largas mangas se lo impidieron. Con resignación, las enrolló varias veces—. Me recuerda a cuando de niña le tomé prestado a mi tío uno de sus jerséis para hacerme un disfraz de Robin Hood para Halloween.

—Jamás lo hubiera pensado. ¿No fuiste de princesa? ¿De Lady Marian?

—Tú crees que me conoces, pero no —Brooke sacudió la cabeza ante el estereotipo.

—Interesante. Sí que es cierto que te comportas como si hubieras nacido con tacones y traje de ejecutiva. Un traje muy sexy —añadió Gage mientras los ojos azules chispeaban divertidos.

Esa tendencia a mostrar un aspecto profesional había surgido después de la obsesión de su padre por dirigir su vida. Hasta entonces había disfrutado jugando, yendo al cine los sábados por la mañana, fantaseando con su vida… lo cual habían tenido que soportar su madre y su tía. Brooke se sintió aliviada al comprender que la tía Marsha no había mencionado nada de eso al veterinario, a pesar de que en esos momentos la mirara como si adivinara sus más profundos pensamientos.

—¿Por dónde empezamos? —Brooke optó de nuevo por cambiar de tema—. Aunque la cazadora es bastante ligera, me estoy cociendo.

—Bueno… el hospital está por ahí —Gage señaló con la cabeza hacia el oeste.

—¿De verdad crees que Humphrey intentaría ir allí? Yo pensaba que simplemente huía de mí. ¿Crees que sería capaz de percibir su rastro a tanta distancia?

—Está a menos de tres kilómetros y algo le está empujando a olvidar su entrenamiento. Dado que no creo que seas capaz de mostrarte cruel con una mascota a la que tanto quiere tu tía, opino que lo que le impulsa a escaparse es lo mucho que echa de menos a su ama. Vamos en esa dirección por si vemos u oímos algo. Teniendo en cuenta su edad, y lo cortas que son sus patas, le ganamos en resistencia y velocidad.

Brooke bajó la vista y comparó sus diminutas sandalias de diseño con las enormes botas deportivas que llevaba él.

—Eso lo dirás tú.

—Intentaré caminar con pasos cortos —Gage soltó una carcajada—. Estoy convencido de que no ha llegado demasiado lejos y, tarde o temprano, provocará los ladridos de la mascota de algún vecino —para ilustrar sus palabras, iluminó los jardines vecinos con la potente linterna.

Brooke hizo lo propio sobre las casas. La mayoría estaban a oscuras, sugiriendo que sus moradores ya dormían.

—Me siento fatal entrometiéndome así en la intimidad de los demás. ¿Qué te apuestas a que algún insomne nos descubre y llama a la policía pensando que somos ladrones?

—Relájate. Conozco a todos en este barrio —le aseguró él—. Sus perros son pacientes míos —tras dar unos pocos pasos, se detuvo—. ¡Premio! ¿Oyes eso?

—Espero que no esté debajo de la ventana del dormitorio de alguien —a punto de preguntarle cuánto tiempo llevaba viviendo en Sweet Springs, Brooke también oyó el familiar ladrido.

Aceleraron el paso hasta encontrar a Humphrey corriendo alrededor del estanque de carpas de un vecino. En el centro del estanque había una antipática y amenazadora rana toro.

—¡Madre mía, Humph! —Gage tomó al perro en brazos—. Un sapo obeso ha bastado para que te olvides de tu ama. Y mira cómo has disgustado a Brooke —con grandes dosis de humor, colocó al perro frente a ella.

Siendo el veterinario casi treinta centímetros más alto que ella, Brooke se encontró casi a la altura de los ojos del basset al que rascó detrás de las orejas.

—Me alegra que estés bien, pero esta es la última vez que te dejo fuera a solas.

—No seas tan dura con él. No ha pasado nada malo —le justificó Gage.

—Ya sé que no soy como mi tía, pero ¿realmente soy tan mala? —ella sintió la necesidad de defenderse—. Cuanto más lo pienso, más convencida estoy de que lo hizo para vengarse de mí.

—¿Por qué?

—Yo no le llevo conmigo a la tienda como lo hace la tía Marsha.

—Eso podría explicarlo.

—Hoy he vuelto dos veces para sacarle, y le he mimado de más esta noche al volver del hospital. Ah, y también le he dado esa comida enlatada que, según Marsha, es su preferida, la que solo le da en ocasiones especiales.

—Por fin la verdad sale a la luz —el veterinario le susurró a Humphrey al oído—. Ella cree que con una patada en el trasero y una lata de carne de segunda te tiene en el bote.

—¿Entonces opinas que no soy lo bastante buena con él? —Brooke se paró en seco.

—Creo que se encuentra solo. ¿Por qué no te lo llevas a la tienda? —preguntó Gage con curiosidad—.

Es su segunda casa. Los clientes le darían la atención extra a la que está acostumbrado.

Brooke era muy consciente de que ese perro era un pobre sustituto de ella, que no visitaba a su tía con la frecuencia con la que debería hacerlo. También era evidente que Gage era un apasionado del cuidado de los animales, pero eso no le daba derecho a nadie a intentar hacerle sentirse culpable. Para eso se bastaba ella sola.

—El mundo y sus habitantes no giran alrededor de Humphrey, doctor.

—Gage.

—Seguramente una floristería te parecerá poca cosa... —ella continuó, haciendo caso omiso a la traviesa respuesta.

—Yo no he dicho eso.

El tono de voz del veterinario era tranquilo, incluso dulce, y Brooke apretó los labios al comprender que de nuevo se había apresurado en sus conclusiones.

—Lo que quiero decir es que me he dedicado en cuerpo y alma a cumplir con los pedidos. Ahora es cuando más trabajo hay, desde que una de las otras dos floristerías de la ciudad cerró tras jubilarse la dueña. No me malinterpretes, Naomi ha sido muy buena al volver a trabajar en los momentos de crisis, y Kiki también se maneja bien, pero...

—Creía que ayudabas en la tienda cuando venías de visita.

—Cuando era niña. Aprendí un montón de cosas sobre arreglos florales, pero he olvidado la mayoría. Además, las modas cambian. El caso es que lo intento, y he venido por mi tía, no para distraer a un perro. Por otra parte, la puerta de la tienda se abre continuamente y sería muy estresante para mí tener que comprobar constantemente si Humphrey se ha escapado.

—Podrías habérmelo dicho —Gage asintió—. Podrías habérmelo dejado en la clínica. Encajaría bien con Roy y los chicos.

—No sé quiénes son —¿así de sencillo? ¿Los chicos? Su tía no había mencionado que tuviera hijos y él acababa de admitir que estaba soltero.

—Roy Quinn es mi gerente —contestó él divertido—. En cualquier otro sitio le llamarían recepcionista, pero se pone furioso si se lo dices. Además, hace muchas más cosas. Podría ser un buen técnico, pero se niega a examinarse para obtener el certificado.

—Es testarudo. Ahora comprendo por qué Humphrey encajaría bien.

—Desde luego es un cabezota —admitió Gage—, pero, tras la enfurruñada fachada, es un osito de peluche. Ha sido un soplo de aire fresco después de todas esas recepcionistas que consideraban el puesto como el primer paso para convertirse en la señora Sullivan.

—Debe de ser una situación incómoda —asintió Brooke con conocimiento de causa. Lo había visto cientos de veces en su trabajo. Algunas chicas parecían ir a la universidad solo con el propósito de encontrar a un marido rico—. Por otra parte, no sé qué otras opciones pueden tener esas chicas por aquí. Un veterinario de gran corazón debe de ser lo más parecido a un sueño hecho realidad.

—Te has olvidado de lo mono que es.

—Desde luego muy mono —su encanto era indiscutible. Brooke tuvo que esforzarse por no revelar más de la cuenta y optó de nuevo por cambiar de tema—. ¿Los chicos son los hijos de Roy? ¿También echan una mano en la clínica?

—¿Qué? —él la miró perplejo antes de comprender—. ¡Ah! Los chicos a los que me refería son sus compañeros veteranos del ejército. Roy también es soltero y su única exigencia para aceptar el trabajo que le ofrecí fue que le permitiera instalar una mesa y varias sillas en un rincón de la recepción. Algunos de sus compañeros gustan de reunirse a diario. Ya les han echado de la tienda de dónuts y de la sección de *delicatessen* del supermercado. Tampoco son bien recibidos en el banco.

—¿Todos están solteros?

—No exactamente. Uno tiene una esposa en una residencia, pero su Alzheimer está tan avanzado que no soporta visitarla más de unos pocos minutos al día. Otro está divorciado, felizmente según él. El resto son viudos.

—Bueno, pues es un ejemplo más de tu gran corazón —insistió Brooke.

—No me molestan —Gage se encogió de hombros—. Tras cumplir con el ejército, todos trabajaron como granjeros o empresarios por la zona y conocen a casi todo el mundo, proporcionándome valiosas piezas de información sobre mis clientes y su ganado.

—¿Tú también fuiste militar? —Brooke comprendía los pros y los contras del acuerdo—. Se nota el respeto y afecto que sientes al hablar de ellos.

—Pasé ocho años en la reserva —contestó él en tono de disculpa.

—¿Y qué? Eso también es una acción noble.

—Al principio los chicos me gastaban bromas por ello —admitió Gage tras un prolongado silencio—. Decían que había intentado evitar una participación activa, lo cual no es cierto. Elegí ese camino para poder terminar la carrera y establecerme. Al final me dejaron en paz cuando supieron lo cerca que había estado de perder mi negocio. Y ahora nos admiramos mutuamente.

—Y yo que me compadecía de mí misma por haber perdido mi empleo gracias a los recortes del gobierno y por no poder buscar un nuevo trabajo por tener que estar aquí ayudando a mi tía, mientras que tú has sobrellevado cargas más pesadas y peligrosas —Brooke sintió un renovado respeto y admiración por ese hombre—. ¿Hay algún peligro de que te llamen a filas?

—No, terminé el servicio hace un par de años. Aunque aprendí muchas cosas, fue duro para mis clientes, y también para los amigos que prestaron su tiempo libre para que la clínica siguiera abierta. Yo también siento un gran alivio. El calor de Texas no es nada comparado con el desierto de Oriente Medio. No me apetece volver a pasar por aquello, sobre todo a mi edad.

—Ya me había fijado en todos esos cabellos grises brillando bajo la luz de la luna —bromeó ella. En el caso de que tuviera alguna cana, ni siquiera se le veía a pleno día.

—¡Oye!, que tengo un montón de cicatrices.

—Aun así sigues pareciéndome muy joven para tener tanta experiencia —Brooke se detuvo ante la puerta de la casa—. Gracias por compartirlo conmigo, y también por tu tiempo. Me ha ayudado a entender mejor por qué la tía Marsha habla de ti con tanto afecto, y no solo porque le evitaras horas de sufrimiento tras la caída.

—Yo tampoco soy objetivo con respecto a ella —Gage acarició a Humphrey—. Ella me ha ayudado tanto como yo a ella. Cuando yo no estoy, echa un vistazo a la casa. ¿Te ha contado la mañana que me llamó al móvil? Yo me había ido temprano a la clínica y tu tía vio cómo una ardilla intentaba entrar en el ático de mi casa. Para cuando pude regresar, el bicho ya estaba dentro y casi se había zampado los cables en dos sitios. Podría haberme costado un incendio.

—¿Y no te hace querer cortar todos los árboles que hay por aquí para ver si se largan? —aunque eran unos bichos monísimos en los dibujos animados, para Brooke no eran más que ratas con colas de diseño.

—¿Seguro que naciste en Texas? —Gage soltó una sonora carcajada—. Puede que la naturaleza no sea perfecta, pero las personas tampoco lo somos.

—Al menos nosotros no tenemos pulgas y enfermedades.

—¿Me estás diciendo que nunca has tenido gripe? ¿Sarampión? ¿Paperas?

—Muy bien, muy bien, tú ganas —Brooke comprendió que no debería haber criticado a los animales ante un devoto amante de los bichos y extendió las manos para recuperar a Humphrey de brazos de Gage.

—¿Qué te parece si lo deposito en tu casa? —el veterinario sujetó al perro con más fuerza—. Tengo la sensación de que, si lo dejamos en el jardín de la entrada, va a correr hacia el agujero de huida.

—Buena idea —la joven tomó nota mentalmente de rellenar el agujero a la mañana siguiente.

El veterinario dejó al animal en el vestíbulo de la casa mientras Brooke se quitaba la cazadora para devolvérsela a su dueño.

—Gracias —le agradeció sinceramente antes de cruzar los brazos de nuevo sobre el pecho—. Eres un caballero además de salvavidas.

—Te dije en serio lo de llevarme a Humph a la clínica conmigo. Puede que esta raza haya sido criada como perro de trabajo, pero se trata de un animal muy sociable. Te aseguro que hará ejercicio y recibirá un montón de mimos. Para cuando termines en la floristería estará deseando regresar a su camita en casa.

—Déjame que se lo pregunte a la tía Marsha —propuso Brooke con la intención de ganar algo de tiempo. La idea de Gage era como un regalo caído del cielo, pero ¿le parecería bien a la tía Marsha?—. No olvides que podría tardar aún unas semanas en regresar a casa. No se trata simplemente de una cadera rota, ha habido más daños y puede que pasen varios días antes de que esté bien para empezar la rehabilitación.

—Para una mujer tan activa —el veterinario sacudió la cabeza—, debe de resultarle exasperante. Cuando compré mi casa, me pareció una persona diminuta, más o menos de tu misma talla, y en el último año ha perdido más de cuatro kilos, algo que no se puede permitir.

—No creo que te sorprenda saber que tiene problemas de osteoporosis —era evidente que ese hombre tenía muy buenas dotes de observación.

—Ya me temía yo que fuera algo así.

—Gracias otra vez por tu ayuda, doctor —a Brooke empezaba a incomodarle la penetrante mirada.

—No hay de qué. Ha sido agradable pasar un rato con la sobrina favorita de mi vecina favorita en lugar de limitarnos a saludarnos de lejos por las mañanas mientras subimos a nuestros coches.

—Es verdad —eran los más madrugadores del barrio—, pero puedes quitar lo de favorita. Soy el único producto del breve, aunque lleno de amor, matrimonio de mis padres.

—Muy bonito y poético para una mente matemática —ante el gesto de la joven, él continuó—: ¿Pensabas que tu orgullosa tía no me había contado lo lista que eres?

—Supongo que no. Es increíble que no me haya inscrito en alguna página de citas *online*.

—Jamás haría algo así —Gage sacudió la cabeza—. Es demasiado protectora contigo. ¿Echas de menos no tener hermanos?

—A veces, aunque también está bien recibir toda la atención. ¿Y tú?

—Dos hermanas y tres hermanos. La intimidad era todo un lujo en nuestra casa. Yo era el quinto de los seis y, afortunadamente, carezco de las cualidades necesarias para ser un tipo con personalidad.

—No me lo puedo imaginar, me refiero a tener tantos hermanos.

Aparte de ser hija única, Brooke había tenido muy poco tiempo para la diversión desde la muerte de su madre, desde que su padre había llenado su tiempo libre con actividades extraescolares y dirigiendo sus estudios. Enfrentado a la realidad de que no tendría más hijos, se había vuelto obsesivamente controlador, convirtiendo a su hija en un experimento de laboratorio. Únicamente tras perder el trabajo, se le había ocurrido que enfocar sus estudios tan decididamente hacia la informática había servido a un propósito, pero también la había dejado emocionalmente vacía, sin familia ni amigos. La experiencia también le había enseñado de la manera más dura la diferencia entre amigos y conocidos.

—¿Estás bien?

De regreso al presente, Brooke se dio cuenta de que Gage la miraba con inusual intensidad, a pesar del amago de sonrisa que curvaba los atractivos labios. Esa sonrisa, sin duda, era una estratagema destinada a ocultar la seriedad que les había invadido.

—Bien —le aseguró ella sonriendo ampliamente—. Acabo de recordar que había prometido a mi padre informarle sobre el estado de la tía Marsha, lo cual va a ser todo un reto puesto que no sé ni en qué huso horario se encuentra en estos momentos.

—Parece un auténtico mercader.

—Es un incorregible adicto al trabajo —Brooke se

preguntó hasta dónde habría compartido la tía Marsha con el vecino ese aspecto de su vida—, pero me temo que su semilla no cayó demasiado lejos del árbol —de repente sintió un escalofrío—. Voy a entrar.

—Si necesitas mis dotes detectivescas otra vez, no dudes en llamarme —Gage dio un paso atrás.

Brooke se apresuró a entrar en la casa, cerrar la puerta y bajar las persianas. Solo entonces suspiró aliviada. ¿Qué demonios pretendía haciendo semejantes confesiones ante un extraño? ¿La había sometido a alguna clase de hipnosis? Se fijó en la mirada de resignación de Humphrey.

—No me vuelvas a meter en este lío, por favor. No tengo tiempo ¿lo entiendes? Ni para ti ni para él. Los dos sois unos encantos, pero no estoy disponible para ninguno. ¡De modo que compórtate!

Hacia las ocho menos cuarto del miércoles por la mañana, Gage disfrutaba de una agradable taza de café en la clínica veterinaria de Sweet Springs con Roy y los chicos antes de que los clientes más madrugadores empezaran a llegar. Sin embargo, la primera en entrar fue Brooke Bellamy.

Los ancianos contemplaron boquiabiertos el descapotable plateado, indicio de los mejores tiempos que había vivido su dueña, pero el veterinario solo sintió una sacudida de placer. No solo había planteado la cuestión a la tía Marsha, había obtenido la bendición de su vecina. Anotó en su mente enviarle un ramo de flores a la anciana en agradecimiento por ayudarle a abordar a la encantadora sobrina.

—Tranquilízate, corazón mío —murmuró el sexagenario Jerry Platt, sentado junto a la ventana. Divorciado y licenciado de la aviación, era el jovencito del grupo y solía presumir de sus numerosas hazañas románticas, inventadas o no—. ¿No es esa la sobrina de Marsha Newman? ¡Madre mía, qué guapa se ha puesto!

—Se parece mucho a su tía —intervino Stan Walsh. Stan tenía sesenta y nueve años y había cambiado la marina por la fabricación de planchas de metal. A comienzos de año, tras la muerte de su esposa, había entregado el negocio a su hijo—. Y por lo que he oído también es toda una dama, de modo que compórtate, Platt.

—¿Se ha casado alguna vez? —preguntó Pete Ogilvie mientras seguía atentamente los movimientos de Brooke, que sacaba a Humphrey del asiento del acompañante. Viudo, de ochenta y dos años, Pete era el mayor de la pandilla y seguía conservando el aspecto del granjero que había sido—. ¿Cuántos años tiene? ¿Veintinueve? ¿Treinta? En mis tiempos, una chica sería considerada una solterona si no tuviera un hombre a esa edad. Aunque yo digo que bien por ella. Hay que tener mucho éxito para poderse permitir un coche como ese. Además, ¿qué atractivo tienen los jóvenes de hoy en día? Sin ánimo de ofender, doctor.

—No me ofendes —contestó Gage, aunque sí estaba decidido a no quitarle el ojo de encima a ese viejo zorro de Jerry Platt.

—En tus tiempos —habló Warren Atwood—, las telefonistas trabajaban ante un enorme tablero de circuitos, viejo dinosaurio.

El intelectual septuagenario se había licenciado del ejército para convertirse en el fiscal del condado de Cherokee. Su esposa, aquejada de Alzheimer en estado avanzado, estaba internada en una residencia, y solo sus mejores amigos sabían lo mucho que sufría Warren.

—Muy bien, chicos —intervino Roy Quinn mientras Gage se disponía a recibir a Brooke—. Intentad comportaros durante un minuto. Ella no está acostumbrada a oír tantas tonterías.

Gage apenas le hizo caso. Abrió la puerta y su mirada se fundió con la de Brooke, que se encogió de hombros y sonrió. Vestida con un top de seda y pantalones a juego, parecía tan fresca como las flores que vendía. Los pendientes y el collar de oro añadían otro toque más de elegancia. Los rubios cabellos estaban recogidos en un elaborado moño y el veterinario supo que en el interior de la clínica todos estarían boquiabiertos. Él mismo sentía muchas cosas.

—Me alegra verte —las palabras surgieron lentas y pesadas, como si tuviera la boca llena de cemento.

—Lo mismo digo —contestó Brooke con evidente alivio—. Temía que tu ofrecimiento de anoche no hubiera sido más que un toque de cortesía. Casualmente he tenido que ir al hospital esta mañana para llevar unos papeles y he podido hablar con mi tía.

—¿Y te ha dado sus bendiciones? —Gage sujetó la puerta para que Humphrey pudiera entrar. Le fascinaba la sensación de que, a medida que él se relajaba, ella parecía más nerviosa. Incluso se atrevió a apoyar levemente una mano en la parte baja de la columna de la joven, incapaz de resistirse a ese ligero contacto físico.

—¿Bendiciones? —preguntó Stan. Sus años de aviador y luego en la fábrica de planchas de metal habían causado estragos en su oído—. ¿Están prometidos? Creía que acababa de regresar a la ciudad.

—Cállate, idiota —espetó Pete—. ¿Qué clase de entrometido eres?

—La pila del aparato debe de estar acabándose.

—Sí, me las ha dado —Brooke miró divertida al

grupo de hombres—, y me pidió que te dijera que te va a preparar su famosa tarta de manzana en cuanto vuelva a ponerse en pie.

Gage se agachó para acariciar a Humphrey, que meneaba el rabo con desconfianza, no muy seguro de si se trataba de una visita oficial o no.

—Relájate, Humph, vas a ser mimado hasta la saciedad, como en la floristería.

Gage le soltó la correa y el animal se sacudió, visiblemente encantado con la libertad, mientras que Brooke miraba la escena con expresión mucho más preocupada.

—¿Seguro que no pasará nada si está suelto?

Gage se levantó, muy consciente de disponer tan solo de unos cinco minutos, y ni siquiera en privado, antes de que el aparcamiento empezara a llenarse. Quería decirle que le gustaba cómo llevaba recogido el pelo. Dejaba al descubierto el fino cuello y le daban ganas de acariciarle la nuca. Sin embargo, la suma de delicadezas no consiguió engañarlo. Dentro de ese pequeño cuerpo había una armadura de hierro y una fuerza de voluntad equivalente. Lo curioso era que no hacía más que volverla aún más irresistible.

—Nos aseguraremos de que no se meta en líos, y que no salga sin vigilancia —Gage se dirigió a los otros hombres—. Os presento a Brooke, mi vecina, aunque seguramente ya lo sabéis.

—En efecto —asintió Jerry mientras todos saludaban a coro—. ¿Qué tal está Marsha, querida?

—Todavía sufre muchos dolores tras la operación. Gracias por preguntar. Pero está decidida a no depender mucho de ese andador que le obligan a utilizar.

—Es una luchadora. Dale recuerdos de nuestra parte.

—Lo haré —Brooke se volvió hacia Gage todavía

preocupada—. Al venir hacia acá, se me ocurrió que cerramos a la misma hora, aunque en ocasiones tengo que esperar a Charles, nuestro repartidor, o tú puede que tengas que salir a atender alguna urgencia. ¿Cómo lo haremos?

—Si te vas a retrasar, llámame —consciente de que todas las miradas estaban posadas sobre él, Gage se encogió de hombros intentando aparentar la mayor despreocupación posible—. Y si yo tengo que salir a una urgencia, Roy puede quedarse hasta que vengas, ¿verdad?

—Claro, jefe —asintió el aludido con la mirada fija en Brooke—. No es raro que nos retrasemos en la hora del cierre. No se preocupe, señorita Bellamy. A partir de este momento, Humph es un miembro de la familia.

En apariencia mucho más tranquila, Brooke se acercó al mostrador para estrechar la mano del hombre.

—Eres muy amable. Tengo la sensación de que me estoy aprovechando. Roy, ¿verdad? Por favor, llámame Brooke.

—Te acompaño a la salida —Gage tomó a la joven del brazo al percibir la mirada de Roy.

Ignorando la sensación de las dagas que se clavaban en su espalda, salieron del establecimiento. A lo lejos vio acercarse una camioneta y sabía que se dirigía a la clínica. Otro caótico día de trabajo estaba a punto de comenzar y necesitaba esos preciosos segundos a solas con ella.

—Ya he visto que has rellenado el agujero que cavó Humph anoche —observó Brooke—. Estás siendo demasiado bueno conmigo.

—Te aseguro que no me llevó más de un minuto. Me preocupaba que te olvidaras de hacerlo tú.

—¿Y eso que esparciste alrededor es pimienta negra?

—Sí. A menudo aconsejo a mis clientes que lo echen sobre las tumbas de sus mascotas para evitar que las alimañas las desentierren. Debería funcionar también con Humph —el sol iluminó los ojos marrones de la joven y Gage sintió que se le agarrotaba el estómago—. Aun a riesgo de avergonzarte... estás especialmente hermosa esta mañana.

Le siguió una de las prolongadas pausas a las que el veterinario empezaba a acostumbrarse. Al fin los deliciosos labios de Brooke se curvaron en una sonrisa.

—Una mujer tiene que estar mal de la cabeza para no aceptar un cumplido. Muchas gracias —alargó la mano hacia la puerta del coche—. Tengo prisa. Kiki tiene cita con el dentista en una hora.

—Entonces te veré más tarde. ¿Tienes algún plan para cenar? —menuda estupidez de pregunta, pues a esa hora solía atender emergencias en las granjas, pero no había podido resistirse.

—Compraré algo de comida para llevar y acompañaré a la tía Marsha durante la cena.

La mirada que surgió entre las largas pestañas era toda una advertencia para que el veterinario no siguiera por ese camino, pero él tenía que hacerle saber que estaba decidido.

—¿Y qué tal una copa de vino después?

—Después estaré totalmente agotada y mis pies me estarán matando. Lo único que me va a apetecer es descalzarme, darme una ducha y meterme en la cama.

—Esas sandalias son muy bonitas —Gage contempló el calzado de plataforma de corcho y cuero que añadían unos buenos siete centímetros a su estatura—, pero ¿por qué demonios no te pones algo más...?

—¿Más adecuado? —Brooke concluyó la frase ante el brusco silencio de Gage.

—Iba a decir más cómodo.

—Muy diplomático, pero llevo tacones desde que iba al instituto. Me moría de ganas de ponerme el primer par. Cuando eres el renacuajo del colegio, no te importa sufrir para encajar mejor.

Gage dudaba mucho que esa mujer consiguiera no destacar en cualquier circunstancia y supuso que todo se debía a sus propios complejos por ser pequeña.

—Me imagino que en una profesión como la tuya, dominada por hombres, te sentirías mejor pareciendo más alta porque esos tipos intentarían hacerte sentir insegura —a modo de respuesta, ella se encogió de hombros, insinuando que se trataba de algo más que discutible—. En cualquier caso, con o sin esos centímetros de más, creo que eres…

—De verdad, tengo que irme.

—Adorable —él concluyó la frase con una amplia sonrisa mientras la camioneta entraba en el aparcamiento—. Denúnciame si quieres, pero he visto tu sonrisa. Tienes unos hoyuelos que deberían ser vistos —«y besados»—, a menudo. Y cuando no estás preocupada por tu tía, la floristería o Humphrey, esos ojos marrones me hacen sentir como un crío ante su primer helado.

—¡Por el amor de Dios! —Brooke se apresuró a entrar en el coche mientras apretaba los labios para intentar reprimir una sonrisa—. Que tengas un buen día, doctor.

—Gage. Al menos compláceme en eso. Sabes que ahí dentro esos tipos me van a maltratar —señaló con la cabeza hacia la ventana de la clínica tras la cual el grupo de hombres se apiñaba descaradamente.

Brooke puso el motor en marcha y se despidió con la mano antes de arrancar.

Gage regresó a la clínica mientras Carter Spears se dirigía con la furgoneta a la parte trasera para recoger a su mascota, un cerdo vietnamita que había sobrevivido tras comerse uno de los guantes de cuero de su dueño. Al levantar la vista se encontró con cinco manos que lo saludaban agitándose en el aire.

Consciente de que podría ser mucho peor si decía algo, se limitó a asentir. En su opinión había hecho progresos, mínimos, pero en la buena dirección. Le gustaba a Brooke, más de lo que ella quería admitir.

—Más vale que te muevas rápido —Pete Ogilvie fue el primero en hablar—, porque has puesto el ojo en una chica de ciudad, amigo mío. Y no va a quedarse aquí un día más de lo necesario.

—Me duele la espalda solo de pensar lo que vas a tener que agacharte para besarla —intervino Stan Walsh.

—Escuchad eso —Jerry soltó una carcajada—. El tipo más medicado sufre dolores por simpatía hacia tu vida amorosa, doctor.

—Pues yo apuesto por ti, hijo —insistió Warren mientras le dedicaba una mirada asesina a Jerry—. ¿Qué pretendes, que nos echen de aquí también?

—¿Tú qué opinas, Humph? —Gage se agachó de nuevo para acariciar al animal—. Ya eres uno de los muchachos. Vamos a tener que soportarnos.

Como si le hubiera entendido, el perro rodó sobre su espalda y ofreció la barriga para que le rascaran.

—Eso mismo pensaba yo —riendo, Gage le concedió el capricho a Humphrey—. Todo el mundo tiene su punto débil. Tu misión será ayudarme a encontrar el suyo.

Capítulo 2

DALE unos días más y se ganará tu corazón —insistió la tía Marsha ante las quejas de Brooke sobre el comportamiento del perro, que había intentado impedirle marcharse de su casa.

Automáticamente, sus pensamientos se dirigieron a Gage. Tal y como era de esperar, le habían llamado para una urgencia y le había sorprendido sentirse muy desilusionada al entrar en la clínica para recoger a Humphrey y no encontrarlo allí.

—¿Qué? ¡Oh! —avergonzada, Brooke jugueteó con un mechón de sus cabellos que se había soltado del moño—. No digo que no sea bueno —le aseguró a la anciana—, es que está aturdido por todos los cambios que está viviendo. A veces creo que me considera la culpable de todo.

—Tonterías —contestó Marsha agitando una mano en el aire—. Lo que le pasa es que está viejo. Espera a llegar a nuestra edad. Ya verás cómo tendrás tus momentos gruñones y de confusión.

—Tú no eres gruñona —Brooke sacudió la cabeza.

—Que Dios te bendiga —la otra mujer soltó una carcajada—, pero te equivocas. Pregúntales a las enfermeras que estaban hoy de servicio. Sé que todo esto es muy molesto para ti, querida…

—Ni lo pienses. Me alegra poder ayudarte, pero me gustaría poder comunicarme mejor con Humphrey para no ser una extraña para él, extraña e incompetente.

—Qué tontería, tú nunca serás así, y no es culpa tuya que no te apasionen las mascotas —Marsha miró por la ventana con expresión pensativa—. Tanto mejor, porque tu padre jamás te habría permitido tener un perro o un gato en casa —con una deslumbrante sonrisa, cambió de tema—. Tengo algo que contarte. Hoy he conseguido sentarme y girarme en la cama sin la ayuda de la enfermera. Dolió muchísimo, y acabé completamente agotada, pero también muy orgullosa.

—¡Es estupendo!

Sin embargo, Brooke no pudo evitar sentirse preocupada. Su tía parecía realmente agotada, pero tan encantadora como siempre a pesar de los cabellos plateados que se le pegaban a la cara y la vieja bata que llevaba encima del camisón del hospital.

—¿Lo hiciste por consejo de tu terapeuta, tía Marsha?

—Hablaste con el cirujano —la anciana dio una palmadita en el colchón para que su sobrina se sentara a su lado—. He sufrido una intervención muy delicada y mis músculos y tendones se han resentido mucho. Deja de preocuparte y siéntate. Me estás mareando. Come algo. Me he dado cuenta de que no has traído nada para cenar y aquí hay demasiado para una persona.

Aunque no tenía mucha hambre, Brooke se sentó.

En la bandeja había un muslo de pollo, un poco de espinacas salteadas, una cucharada de arroz salvaje y ensalada. Incluso el bollito de centeno era diminuto y la ración de gelatina de fresa no le duraría más de dos minutos a un bebé. Nada que ver con el exceso de comida al que había hecho referencia su tía.

La anciana seguía siendo una mujer guapa. El delgado rostro apenas tenía arrugas para alguien que disfrutaba pasando sus ratos libres en el jardín. Ambas tenían los ojos marrones y almendrados, y eran de estatura pequeña, igual que había sido su madre. Brooke se preguntó si habría tenido ese mismo aspecto de no haber muerto. Desgraciadamente, Marsha había descuidado su salud y su médico había manifestado su preocupación por la tensión baja y la anemia que padecía, aparte de la osteoporosis.

—No te preocupes por mí. Tú eres la que tienes que cuidarte y ponerte fuerte —insistió la joven mientras sacaba los cubiertos de la bolsita sellada—. Tómate el zumo. Apuesto a que hoy no has bebido lo suficiente para disolver todas esas vitaminas y medicinas que estás tomando.

—Por favor. Parte de mi ejercicio diario consiste en pulsar el botón para que la enfermera venga a cambiarme la bolsa —murmuró su tía—. Y de todos modos, ya sabes que no me gusta el zumo. Es muy empalagoso. Si lo tiras por el retrete, te prometo beber más agua.

—Me parece justo —Tras complacer a la anciana, Brooke regresó a la habitación—. Tenía tantas ganas de contarte lo bien que ha ido hoy la floristería que olvidé decirte que he conocido a los ancianos caballeros que pasan el día en la clínica de Gage. Todos me preguntaron por ti y te envían sus mejores deseos.

—Qué encantadores. Son unos auténticos personajes —Marsha mordisqueó el bollito de pan—. Qué amable es Gage al dejarles quedarse allí.

—Supongo que viniendo de una familia tan numerosa echará de menos tener gente a su alrededor —contestó la joven, que enseguida lamentó sus palabras.

—Os habéis estado viendo.

—En realidad no. No hay tiempo.

—Pues habéis estado compartiendo detalles sobre la familia —insistió la mujer.

—Me pareció que debía ser amable con él mientras recorríamos el barrio en busca de Humphrey —Brooke troceó el pollo—. Me habría parecido bastante grosero por mi parte no conversar con él después de que nos dedicara su tiempo libre y mostrara tanto interés por nosotras.

—Desde luego que lo habría sido y me siento muy orgullosa de ti —contestó la tía Marsha—, porque, aunque te adoro, a veces puedes ser un poco…

—¿Un poco qué? —Brooke casi se atragantó pues era la primera vez que su tía insinuaba algo que no fueran halagos y cumplidos. ¿Estaba a punto de ser criticada?

—Estrecha de miras.

—Eso ha sido horrible.

—No pretendo juzgarte. Es el lugar en el que te encuentras atrapada en este momento de tu vida.

La observación de su tía le dolió porque ella no se sentía atrapada en ningún sentido. Estaba desempleada, y no por decisión suya. Odiaba pertenecer a los restos del naufragio ocasionado por las regularizaciones gubernamentales, y la desesperanza y sensación de injusticia hacía que no le apeteciera hablar de ello. ¿Cómo explicárselo a su tía que apenas sabía manejar una chequera y mucho menos elaborar informes cuatrimestrales para el catálogo de floristería y regalos Newman's?

No tenía ni idea de cómo funcionaba el mundo financiero, ni de lo que era ser mujer en un mundo de hombres. De no ser por ella que llevaba las cuentas de la tienda, la floristería ni siquiera seguiría abierta. Estrechez de miras era ser tan paternalista con su sobrina.

—Da igual —Brooke dio por finalizada la conversación—. Gage me contó que abandonó Montana porque no le gustaba tanto frío.

—Sí, eso me contó a mí también —Marsha recuperó el hilo de la conversación anterior—. No debe de ser muy divertido tener que acudir a una urgencia en medio de una tormenta de nieve.

—Come un poco de esto —Brooke le acercó a la boca un poco de arroz con pollo.

—Brooke, no estoy incapacitada, soy perfectamente capaz de comer por mí misma.

—Pues no lo parece. Si cooperas te dejaré sujetar el tenedor —su tía accedió y la joven dejó el tenedor junto al plato—. Y ahora que me prestas atención, hay algo de lo que necesitamos hablar.

—Eso no ha sonado nada divertido.

—Se trata de los escaparates de la tienda —Brooke sonrió ante la expresión infantil de su tía—. Kiki se ofreció para renovar la decoración de cara al Cuatro de Julio.

Lo que Kiki había dicho en realidad era que daba vergüenza seguir con la decoración de Pascua y que hasta los clientes empezaban a preguntar cuándo se iban a poner al día.

—Todavía estamos en primavera —protestó Marsha hundiéndose en la almohada—. Con tantas prisas esto se nos va de las manos. En agosto empezarán a colocar la decoración de Halloween. Dile que espere hasta el día quince. Para entonces debería ser capaz de poder ayudarla.

—Tía Marsha, cielo —intervino Brooke con dulzura no exenta de perplejidad—, tendrás suerte si para entonces has podido empezar con la rehabilitación. Kiki es más que capaz de hacerlo, la enseñaste muy bien y tiene una buena formación en marketing y diseño.

—Eso suena muy caro. Por una vez voy a seguir tu consejo, señorita Experta Financiera. No vamos a gastar nada en cosas nuevas. En el altillo hay mucho material de decoración.

Años atrás, la tienda de flores y regalos Newman's era una tienda de referencia en Sweet Springs y la planta superior seguía repleta de material de decoración y suministros varios. Pero, tras hablar con Kiki y echar un vistazo, Brooke había estado de acuerdo con la joven.

—La mayor parte de lo que hay allí arriba está viejo y se nota, tía Marsha. Habría que tirarlo —Brooke hizo un resumen de las ideas de Kiki y las suyas propias—. ¿Por qué no nos dejas renovarlo todo y deshacernos de lo que ya no cumple con la calidad de la tienda?

—Pero la gente siempre espera con ganas mi decoración.

—Y el año que viene volverá a hacerlo. Pero también hay otra buena razón para hacer limpieza. Si, Dios no lo permita, hubiera un incendio, allí hay basura para que arda todo el bloque.

Marsha soltó un gemido antes de llevarse una mano a la cadera y la otra al corazón.

—¿Qué te pasa? —Brooke se puso de pie de un salto—. ¿El dolor ha empeorado? —a su tía no le tocaba el calmante hasta las diez de la noche—. Llamaré a la enfermera.

—Dame un minuto —habló Marsha entrecortadamente, como si sufriera algún espasmo.

Al fin suspiró aliviada y dirigió la mirada al bonito paisaje que se veía por la ventana.

—¡Vaya! Estos son los momentos en que te das cuenta de lo vieja que te estás haciendo —miró a su sobrina con expresión de culpabilidad—. No es que me haya negado a arreglar las cosas ahí arriba, pero nunca me pareció tener el tiempo suficiente para ocuparme en serio de la limpieza.

—Eso ya lo sabemos, tía Marsha —exclamó Brooke—. Pero ahora estoy yo aquí. No hay motivo para no aprovecharnos de ello. Kiki y yo podemos trabajar un ratito todos los días y, antes de que te des cuenta, habremos renovado el material y actualizado el inventario.

—Es una niña muy buena —asintió Marsha.

Kimberley Katherine Webb, conocida como Kiki, acababa de terminar sus estudios universitarios y trabajaba en la floristería desde que iba al instituto.

—Tiene veintiún años —le recordó su sobrina con paciencia—. Ya es una mujer, y si no fuera por la situación económica, seguramente intentaría hacer un mejor uso de ese título de Empresariales y Marketing. Tienes que permitirme darle más responsabilidades o, de lo contrario, puede que se busque otro empleo. Te aseguro, tía Marsha, que regalos como Kiki no aparecen todos los días.

La anciana no tuvo ocasión de protestar, pues el móvil de Brooke empezó a sonar. En la pantalla apareció el nombre de Gage.

—¿Ha pasado algo? —preguntó Brooke, convencida de que no la interrumpiría sin un motivo.

—Humph está aullando. No es un aullido de queja, suena serio. ¿Podría haberse lastimado?

—No creo —«¡ese perro!», pensó la joven antes de dirigirse a su tía—. Humphrey está muy alterado.

—¿Se está ahogando? ¿Sale humo del aparato de aire acondicionado? ¿Te dejaste el horno encendido? —preguntó Marsha con creciente preocupación—. No recuerdo cuándo lo limpié por última vez. ¡Vete, Brooke! No soportaría que le pasara algo a mi niño.

Desconcertada ante el estado de su tía, y preocupada por haber podido poner a Humph en peligro, Brooke se puso de nuevo al teléfono.

—Voy de camino.

Minutos más tarde, aparcaba el coche en el camino de entrada de la casa de su tía. Gage la esperaba frente a la puerta. Se había duchado y puesto una camiseta blanca y unos pantalones cortos, en los pies lucía chanclas. Aunque no pudo ignorar el revoloteo en el estómago ante la atractiva visión, Brooke se preguntó por qué no estaba intentando mirar por la ventana.

—Siento todo este ruido —se disculpó ella mientras se bajaba del descapotable.

Casi de inmediato, oyó los aullidos del perro y se detuvo en seco. Humphrey aullaba a tal volumen que era un milagro que los vecinos de enfrente no se hubieran quejado aún. Aunque lo cierto era que tenían bastante más años que la tía Marsha y les gustaba ver la televisión en el salón de la parte trasera, sin duda a un volumen también elevado.

—No sabía que fueras a volver tan pronto a casa —añadió mientras el veterinario le abría la verja.

—El dueño esperó demasiado tiempo para llamarme y lo único que humanamente pude hacer fue dormir a la pobre vaca —contestó Gage con una mueca de disgusto.

La noticia hizo que Brooke se trastabillara al tropezar con una piedra. De no haberla agarrado él por la cintura, sin duda, se habría caído al suelo.

—Y encima tienes que soportar estos aullidos —ella lo miró compungida—. Lo siento.

—No te preocupes, pero, si no te importa, entraré contigo, por si necesita atención médica.

Brooke ya estaba rezando para que no fuera el caso. No se atrevía siquiera a pensar en darle la mala noticia a su tía.

Con manos temblorosas, abrió la puerta y vio a Humphrey sentado a unos metros. Al verla, meneó alegremente el rabo a modo de saludo. «¿Qué demonios…?».

—Condenado perro —murmuró tras echar un vistazo a su alrededor y comprobar que no había nada fuera de lugar. El perro les había engañado—. Debería haber recordado que eres un consumado actor.

Humphrey ladeó la cabeza y le dedicó su mirada más aborregada, lo que arrancó una carcajada del veterinario. El perro corrió hacia él, totalmente de acuerdo en lo gracioso de la broma.

—¡No lo hagas! —exclamó Brooke cuando el joven se agachó para rascar a Humphrey detrás de las orejas—. Todo esto es por culpa de tu brillante idea de que el perro está solo y triste.

Dejó el bolso y las llaves sobre la encimera de la cocina y regresó para enfrentarse al manipulador de cuatro patas que alzó una en el aire en su dirección.

—Ni te atrevas a fingir ansiedad por la separación. He dejado a la tía Marsha al borde de las lágrimas. Ella cree que estás herido o en peligro.

—Te vendría bien una copa de vino —Gage le dio una última palmadita a Humphrey—. ¿Me permites?

Antes de que ella pudiera contestar, el veterinario

se dirigió al frigorífico, del que sacó una botella abierta y luego dos copas del armario de la cocina.

—¿Por qué no me dijiste que te conoces esta casa como la palma de la mano? —ella había contemplado la escena con creciente escepticismo.

—Esperaba el mejor momento para contártelo. ¿Será quizás este el momento de indicarte dónde está escondida la llave de repuesto? —la mirada de Gage se parecía mucho a la del perro.

Lo cual significaba que podría haber entrado en la casa y comprobado el estado de Humphrey. ¡Menuda sabandija!… y su tía también. Sin duda la anciana había comprendido enseguida que no sucedía nada malo y había aprovechado la oportunidad para dar por finalizada una conversación que le resultaba incómoda, y una cena que no le interesaba en absoluto.

—Eso me pasa por pensar que Humphrey es el único manipulador aquí…

—Pensaba que tu tía ya te habría contado lo de la llave —Gage le sirvió una copa de vino tinto y consiguió, al menos, parecer incómodo con la situación.

—Ha habido demasiadas distracciones.

—Si te quedas más tranquila —él asintió—, cambia la llave de sitio hasta que tu tía regrese del hospital. Lo último que quiero es que sospeches de mí.

Ese hombre era tan sensible como caballero y no había duda de su sinceridad.

—Lo que debería hacer es regresar al hospital y obligar a la tía Marsha a comerse toda la cena. Ahora sé que fingió toda esa angustia para obligarnos a pasar más tiempo juntos.

—No seas muy dura con ella —Gage le ofreció la copa con una sonrisa—. Su intención ha sido buena. Sin duda se habrá dado cuenta de lo mucho que pareces necesitar descansar. Estás preciosa —le aseguró—, pero deberías descansar de tu obsesión perfeccionista.

¿Lo era? Disciplinada y abnegada, quizás. Sin embargo, protestar solo le daría la razón a Gage.

—¿Te apetece sentarte fuera? —ella señaló hacia el porche.

—¿No vas a llamar a tu tía?

—Ella te contó dónde guardaba escondida la llave —fue la única respuesta de Brooke. De repente se le ocurrió que debía de haberla utilizado para entrar en la casa el domingo cuando su tía se había caído. Con todo lo sucedido, había pasado por alto ese detalle—. Si encendemos el ventilador del techo se estará bien —añadió mientras intentaba reprimir la irritación que sentía contra su pariente—. Además, esta brisa mantendrá alejados a los mosquitos.

—Por mí, perfecto —Gage silbó a Humphrey—. Vamos, chico, te acaban de indultar. Podrás retozar en la hierba y jugar con alguna libélula.

Humphrey se bamboleó hasta el jardín, lanzándose por los tres escalones. Después, y con un fuerte suspiro de alivio, se dejó caer sobre la hierba y contempló satisfecho sus dominios.

Brooke y Gage se instalaron en el columpio para degustar el vino. El sabor era afrutado y especiado, justo lo indicado para terminar un caluroso día de verano.

—Ojalá le entendiera la mitad de bien que tú —ella asintió en dirección al perro.

—Yo juego con ventaja —observó él—. Lo veo más a menudo y llevo toda la vida rodeado de animales.

—No. Es más que eso. Tienes un don, Marsha dice que eres el hombre que susurra a los perros.

—No hay ningún secreto —protestó Gage—. Solo necesitan comida, seguridad y compañía.

—Eso también es extensible a los humanos. Los problemas parecen ser el momento y la duración —comprendiendo que podría estar hablando de ella misma, Brooke cambió de tema bruscamente—. Y ahora cuéntame qué tal te ha ido hoy.

—Creo que ya has oído bastante, y el resto no es mejor.

—Qué pena.

—Bueno, gracias a ti no estoy dándole vueltas a la cabeza todo el tiempo.

—Debe de ser un trabajo muy duro para alguien tan afable y de buen corazón —ella sonrió—. Supongo que jamás pensé en ese aspecto de la profesión veterinaria.

—No estaba buscando tu simpatía, pero agradezco el cumplido —Gage adoptó una expresión seria—. ¿Qué estarías haciendo en Dallas en una preciosa noche como esta?

—Desde luego no la estaría disfrutando. Antes de que cerraran mi departamento, a estas horas solía celebrar alguna reunión o compraba algo de comida para llevar mientras estudiaba las carteras de mis clientes —sonaba tan árido como seguramente lo había sido.

—Cuando se trabaja hasta tarde, al menos hay que procurar alimentarse bien.

—Y lo hago. Lo hacía. Pero admito que no me va cocinar. Además, siempre me pareció un desperdicio hacerlo para mí sola —la observación fue premiada con el ceño fruncido de Gage.

—Marsha estaba preocupada por ti. Pensaba que trabajabas demasiado.

—Me gustaba ser eficiente en mi trabajo.

—Lo mismo digo, siempre que no dicte cada minuto de mi día.

—¿En serio? —Brooke no pudo evitar mostrar sus

dudas—. La tía Marsha también me ha hablado de ti. Decía que eras como un doctor Doolittle del siglo XXI. ¿Me estás diciendo que tu casa no está llena de gatos y pájaros, peces, tortugas y puede que algún chimpancé?

De estilo colonial, la casa del veterinario tenía dos plantas, aunque sin tanto ornamento como la casa, de estilo victoriano, de la tía Marsha. La fachada era de color azul y estaba bien cuidada. El cobertizo que se veía en la parte trasera parecía lo bastante grande para guardar un coche y todo el material de jardinería que pudiera poseer.

—¿Te gustaría venir a verlo por ti misma? —bromeó Gage irrumpiendo en sus pensamientos.

Los ojos azules destilaron carisma al fundirse sus miradas. Cada vez que él la miraba, Brooke tenía la sensación de que le estaba analizando cada átomo de su ser. Y cuando la desafiaba abiertamente, tal y como hacía en esos momentos, quedaba completamente hechizada.

—No volveré a caer en la tentación de sentir lástima por ti por esa atención femenina indeseada de la que te quejabas ayer —ella sacudió la cabeza—. Eres un incorregible seductor.

—Solo contigo —Gage le miró las manos—. No veo ningún anillo y tu tía dijo que no había nadie.

—Que no se me olvide mañana llevar un rollo de cinta aislante al hospital para sellar esos labios.

—Este no es el vino que suele tener Marsha —el veterinario rio mientras alzaba la copa—. Debería haber leído la etiqueta más atentamente. Hay indicios de grosella y matices de algo especiado.

—Me alegra que te guste —aliviada al dejar de ser el centro de atención, ella le explicó la procedencia del vino—. Fue un regalo de un cliente. Me envió una caja y me traje dos botellas.

—Menudos clientes tienes. Lo más que consigo yo son galletitas para perros hechas en casa.

—¿Lo dices en serio? —Brooke casi se atragantó de la risa.

—Mis clientes parecen opinar que, si me gustan sus regalos, no solo valdrán para alimentar a sus niños de cuatro patas, creen que también puedo ayudarles a venderlos.

—Qué divertido. Me alegra que te guste el vino —añadió ella recuperando la compostura—. Si tuviera que adivinar, hubiera dicho que preferías la cerveza.

—Una nueva calumnia sobre mi carácter —exclamó Gage echando la cabeza hacia atrás—. ¿Me tengo que rapar el pelo como en la marina y ponerme la cazadora de cuero para que me respeten?

—No, no. Tienes razón. En realidad me recuerdas a otro cliente que apareció por mi despacho en varias ocasiones, vestido con vaqueros desgastados y unas botas polvorientas. Durante las dos primeras citas me sometió a un descarado tercer grado. En la tercera visita me otorgó plenos poderes sobre su cartera de cinco millones de dólares.

—Si yo tuviera tanto dinero, puedes apostar a que yo también te investigaría a fondo —observó él.

—Lo que quiero decir —Brooke dio otro sorbo al vino sin saber cómo le caería en el estómago vacío— es que suelo ser más sensible y no cometo tantos errores de percepción.

—Tómate tu tiempo —Gage estiró las piernas y las cruzó a la altura de los tobillos antes de insistir ante la pasividad de Brooke—. En realidad hace falta bastante tiempo para llegar a conocer bien a una persona. Si intentas forzar la situación, sueles lamentarlo después.

—Y eso lo dice el tipo que anunció que me iba a pedir una cita la segunda vez que nos vimos.

—La clave está en «anunció». Estaba plantando la semilla de una idea —mientras Brooke seguía dando sorbos a la copa de vino, él se corrigió—. Permití que mis ganas de pasar más tiempo contigo me dominaran. ¿Me lo vas a tener en cuenta?

—No puedo cuando te tomas tan bien mis bromas.

—¿Eso son? Pues a mí me parecía que estabas coqueteando.

—Bromeando —insistió ella, consciente de parecer una vieja institutriz. Se sentía más atraída hacia él a cada minuto que pasaba a su lado, y debía tener cuidado para que no fuera más lejos.

Decidida a cambiar de tema, respiró hondo y recibió una bocanada de las fragancias que la noche de verano arrancaban al jardín.

—Cuando era pequeña me encantaban los veranos. Solía sentarme durante horas en el porche leyendo *Ana de las tejas verdes*, *Mujercitas*, *Los tres mosqueteros*… Cuando mi madre enfermó, me hizo una lista de lo que no podía dejar de leer, pues ella no estaría aquí para aconsejarme.

—¿Y lo leíste todo?

—No —admitió Brooke—. Al verano siguiente, mi padre decidió que había llegado la hora de leer «cosas serias», como biografías sobre empresarios de éxito, libros de historia, esas cosas. Quería que reconociera los indicios y señales de peligro de los conflictos sociopolíticos.

—¡Madre mía! —exclamó Gage—. No solo eras lista, debías de ser una pequeña Einstein.

—Se trataba más bien de complacer a mi padre —contestó ella, incómoda—. Él es el brillante.

—¿Dónde vive? ¿Mencionaste que vivía en el extranjero? No he podido evitar darme cuenta de que aún no ha venido a ver a tu tía.

—Ella es la hermana mayor de mi madre —Brooke comprendió que no había entendido bien el parentesco—. Se llevaban quince años —añadió ante la expresión confusa del joven—. Marsha nunca se llevó bien con mi padre, y el sentimiento es mutuo. Eso sí, le envió un precioso ramo de flores la noche que vine —al menos lo había enviado su secretaria. Lo que tampoco le contó a Gage fue que su tía había regalado el ramo a la residencia de ancianos de la ciudad—. Mi padre dirige un negocio de inversiones cuya sede está en Houston, pero viaja por todo el mundo.

—Es evidente que lo admiras —el veterinario no parecía ni impresionado ni intimidado—. Supongo que él estará igual de orgulloso de ti.

—A veces —Brooke ignoró el dolor y echó mano de la diplomacia—. Él cree que he cometido una estupidez al venir aquí a hacerme cargo de la situación.

—¿Y qué esperaba que hicieras? —Gage enarcó las cejas—. ¿Dejar a tu tía sola en el hospital y permitir que su negocio se hundiera?

—Mi tía nunca estaría sola del todo —contestó ella a la defensiva—. Como ya sabrás, conoce a prácticamente todo el mundo en la ciudad y también cuenta con la parroquia. Nunca quedará sin compañía. Y en cuanto a la tienda, podría haberle pedido a Naomi que se ocupara de todo, al menos temporalmente. Está jubilada, pero me ayuda con los pedidos más grandes o los eventos importantes.

—Y luego está esa chica... Me pareció que la llamabas Kiki esta mañana.

—Sí, en realidad se llama Kimberley Katherine. Su máxima capacidad está de cara al público. No tiene formación ni experiencia en arreglos florales y acaba de graduarse. Para la tía Marsha, no es más que una cría y no está dispuesta a concederle mayores responsabilidades. De modo que mi presencia aquí pareció lo menos perturbador para todos.

—Excepto para ti.

—Por favor —suplicó Brooke—, olvida mis quejas sobre tener que abandonar Dallas.

—De acuerdo, pero solo si me cuentas por qué no hay nadie echándote de menos allí.

—Digamos que he tenido más suerte en los negocios que en el amor —a ella no le gustaba hablar mucho sobre el tema—. Pero teniendo en cuenta que ahora mismo estoy sin empleo, no puede decirse que sea gran cosa, ¿verdad? El problema es que los hombres que se interesan por mí no suelen reaccionar bien si tengo más éxito que ellos o, si no les importa, sí esperan de mí que esté disponible al instante cuando me llamen. Y yo no puedo pasar medio día en el spa y el otro medio de compras mientras espero recibir un mensaje de un tipo.

Gage se limitó a mirarla fijamente, pero Brooke sabía muy bien lo que estaba pensando.

—Te estás preguntando si me habrá sucedido muy a menudo. Pues lo suficiente como para convencerme de que debía centrarme en mi carrera.

—Lo que yo creo —contestó él—, es que alguien te hizo mucho daño.

—No —tras haber tenido varios meses para reflexionar sobre ello, Brooke no dudó al responder—. Me enfureció. Y su falta de respeto me defraudó.

—¿Tiene un nombre? —ante la mirada sorprendida de la joven, él continuó—. Por si se le ocurre aparecer por aquí y necesitas ayuda.

—Parker. Parker Minot. Pero no vendrá. Cuando cierro una puerta, no la vuelvo a abrir.

—Una mujer fuerte —el veterinario asintió lentamente—. Me alegra oírlo.

Feliz por haberse quitado de encima el tema, Brooke se preguntó cómo reaccionaría él si las tornas se giraban.

—¿Y tú qué?

—Bastante parecido a lo tuyo.

—¿Tampoco te puedes permitir pasar medio día en el spa?

—No lo sé —Gage rio y se frotó la nuca—. Hay días en los que moriría por un buen masaje. Pero no, me refería a la parte de la mala suerte. En principio, me gusta ser yo quien cace, no llevar una diana en la espalda, o en mi chequera. Sin embargo, si preguntas a mi madre, te dirá que soy más voluble que cualquiera de mis hermanas —intentó fingir indignación, sin conseguirlo—. Yo creía que solo las mujeres podían ser volubles.

—¡Ya! —exclamó ella, sintiendo cada vez mayor curiosidad—. ¿De modo que incluso después de haber solucionado el tema del acoso en la oficina, al contratar a Roy, siguen persiguiéndote? ¿Te llevan a sus caniches y pequineses con falsos pretextos?

—La cosa se ha relajado un poco, pero a veces sucede. Estoy desbordado de trabajo y no es justo que clientes con animales enfermos tengan que esperar por culpa de algo irrelevante. Y encima se empapan en perfume. Confieso que en ocasiones las echo de la clínica en cuanto puedo.

—Hay que ver lo bajo que pueden caer las mujeres —se lamentó ella burlonamente.

Gage le dio un empujoncito con el hombro y Humphrey emitió un sordo ladrido. Subiendo las escaleras con mucha más dificultad de la empleada para bajarlas, se arrastró hasta el veterinario y, con una mirada cargada de resentimiento, plantó una pata sobre uno de sus pies.

—¿De qué va todo esto? —preguntó Brooke—. ¿Acaso pretende que le deje mi lado del columpio?

—No, seguramente estará recordando los buenos tiempos. Mi perro, Joey, solía acompañarme cuando venía a visitar a Marsha. Era un enorme labrador chocolate, y muy bueno con Humph. Vivió hasta los dieciséis años, pero murió poco después de Navidad.

—Qué triste, pero qué bonita debió ser esa amistad, y con Humphrey también —ella se inclinó para rascar al perro debajo de la barbilla. ¿Sería otro motivo para explicar la gran ansiedad de separación que sufría el pobre animal?—. Supongo que se estará preguntando cuándo mejorarán las cosas.

—Seguramente. Sé que le encantaría que le trajera un nuevo compañero de juegos, pero aún no me siento preparado. Ese es otro motivo por el que le hace tanto bien venir a la clínica. Siempre solemos tener algún perro que se queda con nosotros cuando la familia se marcha de vacaciones, de modo que Humph casi siempre encuentra a alguien con quien jugar.

—¿Era Joey uno de esos perros que van a todas partes con su dueño?

—Puedes estar segura. Sabía cuándo podía saltar de la camioneta y cuándo debía quedarse quieto. Le gustaba todo el mundo, bueno, casi todo el mundo —se corrigió—. Instintivamente, sabía cuándo debía evitar a alguien.

—Aún no me has contado por qué elegiste Sweet Springs para establecerte —Brooke intuyó que era el momento de cambiar de tema.

—Siento aversión al frío.

—¿Dónde estudiaste?

—En Texas, y terminé mi formación aquí, en la clínica.

—¿En serio? Supongo que la tía Marsha me lo habrá mencionado, pero en esa época yo debía de estar terminando el instituto y estaba totalmente volcada en la universidad. ¿Cuánto tiempo llevas siendo su vecino?

—Algo más de dos años.

—Hace más de eso que no venía de visita —eso explicaba que no lo hubiera conocido antes.

—Antes estaba la universidad.

—Bueno, papá no esperaba menos de sobresaliente de su hija —de nuevo era evidente que su tía le había confiado muchos secretos de familia.

—Sin ánimo de ofender, pero tu padre parece más un mariscal de campo, o un entrenador personal, que un padre —Gage la miró con expresión apenada.

—Desde luego es todo un personaje —en parte, él tenía razón y a Brooke no le quedó más remedio que reconocerlo, aunque a regañadientes—. ¿Otra ronda?

—No está bien que me beba tu regalo.

—El vino siempre sabe mejor cuando se comparte.

—En ese caso, permíteme a mí —Gage tomó ambas copas—. Tú disfruta de la puesta de sol.

Humphrey lo vio desaparecer en el interior de la casa y miró la puerta con expresión perpleja.

—No te preocupes —lo tranquilizó ella—. Enseguida vuelve.

El animal se tumbó en el suelo y rodó hasta apoyar la espalda en los pies de Brooke. Tras la sorpresa inicial, ella se inclinó para acariciarlo.

—Muchas gracias, señor Encantador. De modo que, si te gusto, ¿me concederás el beneficio de la duda? Qué magnánimo por tu parte.

Gage regresó con el vino y una galleta para el perro que de inmediato se sentó con evidente expresión de felicidad. En cuanto recibió la galletita, se tumbó y comenzó a masticarla con entusiasmo.

—Creía que las chuches después de la cena estaban prohibidas.

—Cuando le vi tumbado sobre tus pies, pensé que se merecía una recompensa —tras sentarse de nuevo, brindó con ella—. Por que las cosas sigan saliendo a satisfacción de todos.

El brillo de los ojos azules evidenciaba que hablaba de mucho más que de su apego con el perro o de la tía Marsha. Pero la conversación enseguida volvió a ser amigable y, antes de que se dieran cuenta, las copas estuvieron de nuevo vacías. El último tema, sobre el cuidado del césped, hizo reaccionar a Gage.

—No te preocupes por eso, llevo tiempo arreglando el jardín de Marsha a la par que el mío.

—¿Estás seguro? Tengo la sensación de estar aprovechándome de ti.

—Y así es. Cuando te sientas insoportablemente culpable, invítame a otra copa de vino —el veterinario se puso en pie—. Vamos a despedirnos antes de que los murciélagos se unan a los mosquitos e intenten secuestrarte.

—¿Eso ha sido un chiste? —ella entornó los ojos.

—Solo constato lo evidente. Te están comiendo a picotazos.

Brooke se sentía relajada disfrutando de un momento especial que no deseaba ver terminar.

—Gracias, y también por la visita. No recuerdo haber pasado un rato tan agradable en mucho tiempo —admitió, levantándose ella también.

—Me alegra oírlo. Eso significa que, si vuelvo a sugerir tomar una copa, dirás que sí.

Antes de que ella se diera cuenta, Gage se inclinó y le besó la mejilla. Brooke culpó al vino de la cálida oleada que la invadió.

—Sería estupendo, pero has sido tú quien ha admitido estar desbordado de trabajo —le recordó—. Y yo tengo que pasar las tardes con la tía Marsha —y al regresar a casa, poner al día los libros de contabilidad, aunque aquella noche no. Lo único de lo que se sentía capaz en esos momentos era de darse una ducha y meterse en la cama.

—Pero insisto en llevarme a Humph conmigo a la clínica mañana —Gage le devolvió la copa vacía—. No hay necesidad de que vayas hasta allí. Además, no creo que le guste mucho la vista desde el suelo de tu BMW.

—Lo sé —suspiró Brooke—, pero con esas uñas no le dejo sentarse en los asientos de cuero.

—Basta con que me agradezcas el ser un encanto —Gage asintió.

—Agradezco tu consideración —contestó ella—. Me vendrá bien el tiempo libre.

—De nada, pero ¿no me merezco un beso?

—Doctor Sullivan —Brooke soltó una carcajada—. Te mereces cualquier problema que puedas tener con el género femenino.

Sin embargo, no pudo resistirse a la mirada compungida y, poniéndose de puntillas, apuntó a la mejilla justo en el instante elegido por Gage para demostrar lo granuja que podía ser. En el último segundo, giró el rostro y el casto beso aterrizó directamente en los cálidos labios.

Capítulo 3

¿SE ha ruborizado?

Arrancada de su ensoñación, Brooke descubrió a Kiki Webb, que acababa de entrar por la puerta trasera de la tienda, abierta porque el repartidor, Charles Rollins, estaba fuera echándole un vistazo a la camioneta, como hacía cada día antes de comenzar el turno de repartos.

El ardor en las mejillas le confirmó a Brooke que Kiki debía de estar en lo cierto.

—¿Tú también tienes calor? —mintió con la esperanza de engañar a la joven—. Hazme un favor y pídele a Charles que compruebe el aire acondicionado antes de marcharse.

—Señorita Brooke, aquí hace bastante frío como para congelar el Kilauea —contestó Kiki con expresión divertida—. Aunque lo apagara, las flores ni lo notarían. De modo que cuénteme qué le ha transportado a otra dimensión. ¡Oh! ¿Es su chico de Dallas? ¿Va a venir a verla?

Desde su llegada a la floristería, Brooke había animado a la joven a tratarla con naturalidad, pero Kiki era tímida y reservada y se empeñaba en llamarla «señorita Brooke».

—No hay ningún chico y no habrá ninguna visita. Y mejor así con la cantidad de trabajo que vamos a tener.

La chica, de cabellos rubios y sonrisa traviesa, palmoteó alegremente.

—Eso suena prometedor. ¿Cuál es la noticia?

—Hablé con la tía Marsha sobre lo de dejarte decorar los escaparates.

Como era de esperar, Kiki se mostró entusiasmada y agitó los brazos en el aire, haciendo tintinear los brazaletes, del mismo colorido que la ropa que llevaba, todo diseñado por ella.

—¡Oh, señorita Brooke!

—Brooke, por favor.

—¡Gracias! Cuando aseguraste que harías todo lo posible por conseguir su aprobación, no me atreví a hacerme ilusiones —con renovado entusiasmo, la joven guardó el bolso, también diseñado por ella, bajo el mostrador y comenzó a bailar por la tienda.

—¡Basta ya! —exclamó Brooke—. ¿A qué hueles?

—¿Te gusta? —Kiki se sacudió los cabellos para esparcir otra bocanada de perfume—. Llevo semanas trabajando en esta fórmula.

—Me encanta —contestó Brooke—. Apúntame como tu cliente fiel. Eso es puro romance.

—Eso es justo lo que es, ¿verdad? Me siento como una jovencita cada vez que me lo pongo.

—Las notas están bien marcadas, pero sin resultar demasiado pesado o dulzón.

—Desgraciadamente, Ralph Lauren ya ha registrado el nombre de «Romance».

—Pues si oliese el tuyo, cambiaría la fórmula de su perfume.

—Son las mejores noticias que he recibido en meses —Kiki abrazó entusiasmada a su jefa.

—¿Sabes qué? —aunque sorprendida por el abrazo, a Brooke le pareció enternecedor—. Cuando termines la fórmula y la envases, podríamos vender tu perfume en la tienda. Podríamos colocarlo en el mostrador y regalar muestras. Bueno, suponiendo que estuvieras interesada...

—¿Bromeas? —Kiki ejecutó un nuevo baile—. Me muero de ganas de contárselo a mi gente.

Aunque su madre adoraba tenerla en casa, la única hija nacida entre dos varones, su padre no podía esperar a que volara del nido. Si empezaba a sacarle rendimiento a su creatividad, quizás ese momento estaría más cerca.

—Van a estar aún más orgullosos de ti de lo que ya están. La tía Marsha ha comprendido que tienes que poner en práctica tu talento. Creo que si no lo ha hecho antes es porque ha perdido a muchos miembros de su familia, mi madre y luego sus padres, siendo muy joven. Y cuando el tío Sam murió, desarrolló cierto temor al cambio —asintió hacia el escaparate—. Después de terminar con la decoración, podemos hablar sobre algunos cambios en el resto de la tienda.

—No sé qué decir, Brooke —Kiki parecía una niña el día de Navidad—. No os voy a defraudar.

—Confío plenamente en ello —Brooke miró a su alrededor. Todo tenía un aspecto bastante viejo y destartalado. Sin duda, los amigos y clientes de la tía Marsha la querían demasiado para decirle la verdad—. Ya es hora de renovar este lugar, incluyendo una mano de pintura en algún color más alegre. Tenías razón cuando me dijiste que la tía Marsha tiene una clientela fiel, pero que no consigue atraer a la gente más joven.

—Buscaré en Internet algunas muestras de color para enseñártelas.

Brooke terminó el arreglo floral y lo dejó junto con los otros cuatro que aguardaban ser entregados. De momento no le diría nada a su tía sobre la renovación del local.

—Quédate aquí abajo mientras subo al altillo a echar un vistazo. Después podrás subir tú y empezar a apartar lo que ya no vale y bajar cualquier cosa que creas que podría servir para la decoración. Luego decidiremos qué más necesitamos.

—Por mí estupendo.

Charles Rollins cerró la furgoneta con gran estruendo. Mayor y de cabellos plateados, sonrió resplandeciente. Entregar pedidos por las mañanas era lo ideal para que el profesor retirado de matemáticas se mantuviera activo. Las tardes las dedicaba a la jardinería con Chloe, su esposa desde hacía cuarenta años.

—Cuando quieras, Brooke —anunció él.

—Todo está preparado —ella hizo un gesto hacia la tienda—. Tienes cuatro entregas. La factura está debajo de cada jarrón. Pero hazme un favor y quédate un rato haciéndole compañía a Kiki mientras subo al altillo. No me hace gracia que se quede aquí sola con las dos puertas abiertas.

—Entendido —el hombre posó la mirada en los dos tramos de escaleras—. ¿Seguro que no necesitas que te eche una mano allí arriba? ¿Vas a bajar algo pesado o incómodo de transportar?

—Lo más probable es que me dedique a lanzar cosas directamente al contenedor, de modo que será mejor que os apartéis. Tenemos que ponernos al día.

—Marsha ha estado demasiado ocupada para prestarle la debida atención a la tienda —Charles asintió—. Cuando haya terminado las entregas, ¿por qué no vengo a echar una mano?

—Si Chloe puede prescindir de ti, acepto tu ofrecimiento —a Brooke siempre le habían gustado los caballerosos modales de Charles, más propios de otra época—. Gracias. Así Kiki podrá ponerse manos a la obra con la decoración de los escaparates.

Mientras continuaba con el inventario, sus pensamientos inevitablemente regresaron a la noche anterior, lo mismo que había estado haciendo cuando Kiki había llegado. Le sorprendía haber sido capaz de dormir considerando las vueltas que había dado su mente.

El efecto había sido devastador para un beso tan breve. En sus treinta años de vida había mantenido dos relaciones serias, siendo la última la que más se había acercado al matrimonio, hasta que Parker había recibido un magnífico ascenso que le obligaba a trasladarse a California. Antes de tener una oportunidad para hablarlo, él había aceptado, convencido de que ella dimitiría de su trabajo para acompañarlo. Perpleja, ella había formulado una pregunta.

—¿Por qué?

—Porque me amas.

Eso había creído ella también. Sin embargo, jamás había pronunciado las palabras porque tampoco las había oído de él. Sí le había confesado Parker en alguna ocasión haber adorado un regalo, alguna función a la que su padre les había invitado, las fiestas que ella organizaba para sus amigos, pero, de repente, Brooke había comprendido que existían diferentes grados de amor, o que quizás había confundido ese sentimiento con cariño.

Al comprender que no estaba dispuesta a dejarlo todo por él, había dado por finalizada su relación con

Parker. Lo irónico fue que, pocas semanas después, se había quedado sin trabajo.

Y ahí estaba Gage, el inesperado. No tenía tiempo para frivolidades, mucho menos para romances y aun así le hacía sentir mariposas en el estómago solo con pensar en él, algo que no le había sucedido desde que Bobby Stafford la había besado junto al gimnasio del instituto. El problema era que ya no tenía catorce años y se había visto obligada a recordárselo al veterinario la noche anterior.

—¿Se te ha comido la lengua el gato? Deberías ver tu cara —había dicho él tras el beso.

—No deberías haberlo hecho.

—Porque no tiene sentido comenzar algo que no tiene futuro —había recitado él—. A tu manera, ya me lo has dicho.

—Me gustaría que me tomaras en serio.

—Pues no quiero hacerlo. Pensé que, después de dos copas de vino y una hora más de mi irresistible compañía, había empezado a desmontar ese argumento. ¿Cuántas relaciones no habrán empezado sin un aparente futuro? ¿Qué pasa con los soldados que se dirigen al frente y conocen a una chica en un baile o en el aeropuerto? ¿Qué pasa con los soldados que conocen a una chica en ultramar y sienten algo especial de inmediato?

Gage había disfrutado desmontando sus argumentos mientras que ella había contraatacado con la sugerencia de que era demasiado romántico para haber permanecido soltero tanto tiempo y que sospechaba que lo que le gustaba era la caza, tal y como había admitido.

—Ponme a prueba —le había desafiado él con un destello de los ojos azules.

Brooke, por supuesto, había objetado antes de

echarlo de su casa. Sin embargo, en cuanto se hubo encerrado en su dormitorio, se había parado ante el espejo de cuerpo entero y acariciado los labios. Cerrando los ojos había revivido el breve momento sensual. ¿Cómo sería dejarse abrazar por él, piel contra piel? ¿Cómo sería ser besada apasionadamente mientras la penetraba?

—Sé sincera —le había espetado a su reflejo—, te gustaría averiguarlo.

—¿Disculpa? —Gage levantó la vista.

Había esperado poder cerrar la clínica a las cinco y terminar con sus obligaciones para llevar a Humphrey a su casa. Era probable que Brooke no pensara igual, pero un hombre tenía derecho a soñar. Sin embargo, Liz Hooper había elegido ese momento para irrumpir en la clínica con su odioso chihuahua, llamado Banderas por el actor favorito de su dueña. Bandy había sufrido varias picaduras al introducir el morro en una colmena de abejas.

—Te decía que vengas a verlo por ti mismo.

Gage miró perplejo a Liz, aunque la imagen que seguía apareciendo en su mente era la de Brooke después de que le hubiera besado la noche anterior.

—Tierra llamando a Gage. Me has preguntado qué clase de abeja era —Liz sacudía el brazo lleno de pulseras en el aire—. Pues, desde luego, no puedo traerte una sin que me pique a mí también.

—Es que yo… da igual —el veterinario se reprendió en silencio por su falta de concentración. Con Liz no se podía bajar la guardia ni darle ideas—. Parece que está algo hinchado —observó tras palpar el cuello del perro—, pero no hay señales de choque anafiláctico. Le daré un poco de Benadryl para aliviarle. Teniendo en cuenta su tamaño, probaremos con la mitad de la dosis infantil —con un gotero vertió el medicamento en la boca del perro y le entregó el resto del envase a Liz—. Sigue el prospecto de la caja. Si no empeora, mañana podrás dejar de dárselo.

—¿Estás seguro de que no necesitas mantenerlo en observación unas horas? Prefiero esperar a someterlo de nuevo al estrés de otro viaje hasta la clínica, por no mencionar tener que llamarte.

Gage no se había tragado ni una palabra de la escultural mujer de cabellos castaños. No era ni de lejos la mujer más sutil del planeta y, desde su primer encuentro, había dejado claro que lo recibiría de buen grado en su cama. Por eso siempre dejaba abierta la puerta de la sala de exploraciones, para que Roy pudiera oír todo lo que se decía en su interior. Lo último que necesitaba, sobre todo después del beso de la noche anterior, era que Liz lanzara algún rumor sin fundamento sobre ellos dos.

—No creo que sea necesario —insistió—. Además, de todos modos, parece que ibas a alguna parte.

—Vaya, pues gracias por darte cuenta, Gage —Liz deslizó las manos por el ajustado vestido blanco—. Eres todo un caballero. Pero no, simplemente no puedo permitirme ser vista en público sin ir bien arreglada.

«¿Aunque el perro se te esté ahogando?», se preguntó él.

—No me parecería respetuoso hacia la memoria de Darryl.

El difunto Darryl Hooper había sido el alcalde de Sweet Springs durante dos legislaturas antes de morir de un infarto el año anterior. Las malas lenguas decían que Liz, su segunda esposa, había agotado al pobre hombre.

—Estoy seguro de que se sentiría orgulloso de ti

—murmuró Gage mientras le entregaba al perro—. Asegúrate de que Bandy esté tranquilo y que no se exponga al sol. Si sigue rascándose el morro, mójaselo con una compresa de agua fría. Eso también ayudará a que disminuya la hinchazón más deprisa.

Y con suerte también evitaría que le llamara por teléfono cada dos por tres para informarle sobre el estado del perro.

—De acuerdo, lo intentaré —Liz le dedicó una mirada de súplica acompañada del aleteo de las carísimas y falsas pestañas—. ¿Tengo que traerle a revisión?

El carraspeo de Roy evitó que el veterinario tuviera que contestar. Volviéndose hacia él, lo vio señalar la puerta.

—Lo siento, doctor, pero hay un perro que se ha tragado el anticongelante del coche.

—¡Maldita sea! —Gage dio un respingo—. ¿Es que los dueños nunca aprenderán?

A los perros les encantaba el sabor del líquido anticongelante, y los humanos no tenían cuidado en guardar esas cosas en un lugar seguro, fuera del alcance de los animales. Todos los años tenía que tratar varios casos y en todos, salvo en dos, el daño hepático había sido tal que los animales habían muerto.

—Lo siento —miró a Liz con expresión pesarosa—. El tiempo es fundamental. Ah, y no hace falta que lo vuelvas a traer. Roy, por favor, cóbrale a la señora Hooper.

El veterinario salió corriendo de la consulta. En circunstancias normales no le habría cobrado por sus servicios, pero en el pasado se había mostrado más que generoso con Liz y sospechaba que la mujer podría haberse sentido animada dada la frecuencia con la que acudía a la clínica.

Sin embargo, al entrar en la otra sala de exploraciones se sorprendió al descubrir que no había nadie y, puestos a pensar, no recordaba haber oído entrar a nadie en la clínica. Una a una recorrió las otras tres salas de exploración y las encontró vacías. ¿Qué demonios pasaba allí?

—Gracias, señora Hooper. Espero que Banderas se ponga bien pronto.

Roy nunca hablaba tan alto a no ser que intentara advertirle a Gage que, comprendiendo el mensaje, esperó hasta que oyó salir a Liz por la puerta de la clínica para aparecer.

Ambos hombres observaron a la mujer desaparecer con su Jaguar a toda velocidad del aparcamiento. Si Bandy no estaba firmemente sujeto, esa mujer tendría cosas más serias que las abejas de las que preocuparse.

—¿Qué le has dicho? —preguntó Gage.

—Le pedí la tarjeta de crédito. Ha estado aquí cuatro veces en las últimas siete semanas, doctor, y no ha pagado ninguna de las visitas.

—Me siento culpable cobrándola por no hacer nada. ¿De verdad han sido cuatro veces? Pensé que solo habían sido dos, quizás tres. Bueno, pues gracias, Roy.

—No hay de qué.

—Terminemos con esto antes de que se convierta en un rumor. Supongo que no hay ningún perro con el hígado destrozado.

—No. Siento haberte preocupado, pero sabía que haría falta algo así para sacarla de aquí.

—¿No creéis que ese vestido tan ajustado le estará cortando la circulación? —preguntó Pete.

—Primero haría falta que tuviera sangre en las venas para que eso ocurriera —contestó Jerry, quien había sido visto en compañía de Liz en varias ocasiones, la última hacía pocas semanas.

Los demás estallaron en una carcajada y Humphrey levantó la cabeza y meneó el rabo como si a él también le hubiera divertido el comentario.

—Vamos a cerrar la puerta y castremos a los labradores de Delaney.

—Eh… claro, por supuesto —Gage se había olvidado por completo de los cachorros, un reflejo de las muchas ganas que tenía de llegar a su casa y volver a ver a Brooke.

La había engañado para que lo besara, y ella no se había enfadado. Tras la sorpresa inicial, y lo que había sonado a protesta a medias, lo había mirado de manera amistosa. Se moría por besarla de nuevo, pero iba a tener que esperar.

Por primera vez en su vida no se alegraba de tener tanto trabajo. Hasta ese momento le había gustado estar tan ocupado que no podía pensar en todas las cosas que le faltaban en la vida. Pero la llegada de Brooke lo estaba cambiando.

—Recuérdame que tengo que pensar en ampliar la plantilla —le indicó a Roy.

—Lo haré encantado —contestó el otro hombre—. ¿Estás bien?

—Mejor que nunca.

Brooke aparcó el coche en la entrada, apagó el motor y se quedó sentada en la oscuridad con los ojos cerrados. Lo que había empezado como un buen día de trabajo se había complicado al llegar al hospital por la tarde. Al entrar en la habitación de su tía, la había encontrado vacía. Para su horror, Marsha había sido trasladada a la UCI.

Agotada, se obligó a moverse. Humphrey sin duda la habría oído o visto llegar y en breve empezaría a ladrar. La camioneta de Gage estaba frente a su casa y no quería molestarle. En realidad, aún no estaba preparada para enfrentarse a él.

Salió del coche y entró por la verja trasera. Enseguida se dio cuenta de que se veían más luces de las que se había dejado encendidas. ¿Qué demonios estaba pasando?

Mientras subía las escaleras del porche, la puerta trasera se abrió y se topó cara a cara con el hombre que había ocupado la mayor parte de sus pensamientos durante las últimas veinticuatro horas. Ignorando la sacudida en el pecho, se centró en el aspecto racional: el motivo por el que se encontraba allí. Con o sin beso, Gage no se tomaría tantas libertades sin ser invitado.

—No me digas más —gruñó—. ¿Ha vuelto a montar el numerito? —miró hacia un lado y vio al perro, meneando el rabo sin quitarles el ojo de encima—. ¿Qué pasa contigo? Dejé la casa bien a oscuras para que pudieras dormirte a gusto.

—Llegué a casa hace unos minutos —le explicó Gage—, debió de ver mi luz y empezó a montar un escándalo mucho peor que el de anoche. A lo mejor lo ha hecho porque te has retrasado. Espero que no te importe que haya entrado, pero se estaba enredando en la cortina y arañando la puerta.

—No, claro que no, pero no me gusta molestarte tanto.

—No me molestas, ni lo pienses.

Desmoralizada, Brooke dejó el bolso en la cocina. ¿Cómo iba a conseguir que ese animal se comportara? ¿No iba a poder disponer siquiera de una hora de silencio para asimilar lo que estaba sucediendo? ¿Y si hubiera rasgado las cortinas o arrancado la pintura? No tenía tiempo para ocuparse de reparaciones. Sintiendo el peso de las malas noticias, se cubrió el rostro con las manos.

—¡Eh! —Gage le frotó suavemente los brazos—. No pasa nada. En cuanto me oyó llegar, dejó de aullar y no ha roto nada, lo he comprobado —el amago de carcajada se cortó en seco cuando se dio cuenta de que ella no reía en absoluto—. ¿Brooke?

—Lo siento. ¡No puedo con esto!

—Venga ya —él le dio la vuelta y la miró a los ojos—. No es más que un perro, cielo. Ni siquiera uno grande. Cierto que un poco mimado y con alguna que otra manía, pero…

—¿Un poco? —exclamó ella—. Es demasiado, y es injusto. Y encima…

—¿Por qué estás tan alterada? ¿Qué ha pasado? —Gage frunció el ceño ante la evidente desesperación de la joven—. Cuéntamelo.

Brooke no quería. No estaba preparada para hablar con nadie, y sobre todo con ese hombre, pero era evidente que él no se iba a marchar sin una explicación.

—La tía Marsha ha sufrido un ataque esta tarde.

La expresión de Gage debía de parecerse bastante a la suya propia al recibir la noticia. Espanto y terror. Sin embargo, de rápidos reflejos, el veterinario la tomó en sus brazos.

—¡Vaya! Casi no me atrevo a preguntarlo… ¿cómo está?

—Débil, pero estable. Permanecerá en la UCI esta noche.

—Tú también pareces al borde de un ataque —Gage le besó la frente—. Vamos, siéntate —la animó antes de tomar otra silla y sentarse frente a ella. Con los codos apoyados en las rodillas, le tomó las manos—. Empieza por el principio —la animó—. ¿Se ha vuelto a lastimar la cadera?

—Afortunadamente no. Estaba de pie, pero el fisioterapeuta estaba con ella y la sujetó. Pero, Gage, ha sido el corazón.

—Cariño —él le besó las manos antes de mirarla a los ojos—. ¿Están seguros?

—Cuando llegué al hospital ya le habían hecho varias pruebas.

—Entonces, ¿cuándo te llamaron? —la expresión del veterinario reflejaba confusión.

—No lo hicieron.

—¿Cómo?

Brooke se sintió halagada por el tono indignado de Gage. Al principio, ella también se había mostrado ofendida, pero enseguida le habían explicado la situación. Con el mayor detalle que pudo, le contó cómo había llegado al hospital después de haber dejado a Humphrey en casa. Cómo había encontrado la habitación vacía. Cómo, lógicamente, había pensado lo peor.

—Cielo santo, qué miedo has debido de pasar.

—Creo que el cambio de turno, junto con la urgencia por estabilizarla, se aunaron para que nadie me llamara —Brooke cerró los ojos intentando recordar todo lo que se había dicho y hecho. Aún estaba aturdida y muy preocupada por su tía, más débil que nunca—. Mañana le volverán a repetir algunas pruebas, pero están casi seguros de que ha sido una válvula.

—Maldita sea —murmuró Gage acariciándole el dorso de las manos con los pulgares—. ¿Cómo se lo ha tomado?

—Intenta poner buena cara… hasta que le di un beso de buenas noches para que pudiera descansar. Entonces bajó la guardia y vi el miedo reflejado en su mirada, junto con una sincera preocupación por mí y por cómo esto alterará mis planes.

—Es normal en ella —contestó él—. Tengo entendido que reemplazar una válvula es más peligroso e invasivo que poner un marcapasos, y que es probable que la recuperación se alargue.

—Efectivamente —asintió ella—, pero no puedo dejarla entrar en el quirófano de nuevo sintiéndome culpable por querer más tiempo para mí.

—De todos modos, habrá sido un duro golpe para ti —Gage le apretó las manos con ternura—. ¿Cómo puedo ayudar?

—Ya estás haciendo demasiado —ese hombre era demasiado encantador. Con un irresistible deseo de acurrucarse en su regazo, Brooke se irguió y habló con firmeza—. Podrías pasarme algo de esa paciencia tuya para tratar con ese bicho.

—Lo estás haciendo muy bien —protestó él—. Lo que necesitas es algo que te relaje y te permita dormir. ¿Te importaría si abro la otra botella de vino?

—Eso era justo lo que estaba pensando —ella sonrió.

Mientras Gage lo preparaba todo, Brooke se descalzó y se quitó la carísima chaqueta de cuero que colgó del respaldo de la silla pensando que tendría que encontrar el momento para visitar la tienda de ropa frente a la floristería de su tía y comprarse algo más informal. Todo su vestuario le hacía parecer una ejecutiva de Wall Street. Cierto que la chaqueta le había ido bien en el gélido hospital, pero aparte de eso era demasiado pretenciosa y recargada.

Por último se soltó los cabellos, sintiendo que la respiración volvía a la normalidad.

—Gracias, eres mi salvavidas —observó cuando Gage se acercó con las dos copas de vino.

—¿Quién soy yo para discutírtelo si te sientes en deuda conmigo porque te he invitado a tu propio vino? —bromeó él aunque su mirada seguía reflejando preocupación.

—Es más que eso y lo sabes —agradecida, ella tomó un sorbo—. Te recompensaré, aunque solo sea para demostrarte que soy más competente y menos egoísta de lo que he aparentado esta semana.

—¿De qué hablas? —el veterinario la miró estupefacto—. Lo estás haciendo mucho mejor de lo que nadie podría pedirte. Simplemente estás intentando digerir el nuevo golpe y encima tienes que mantener el tipo por el bien de tu tía.

—Eres muy generoso viéndolo así —animada por la mente lógica de Gage, Brooke decidió compartir con él algo que había sopesado tras conocer el nuevo revés—. He tomado una decisión. Voy a regresar a Dallas y pedirle a una amiga, agente inmobiliario, que venda mi casa.

La respuesta de Gage no llegó todo lo deprisa que ella había vaticinado. Parecía atrapado entre dos emociones encontradas.

—Dejando a un lado mis sentimientos —contestó al fin—. Debo preguntarte si no crees que te estás precipitando. Estás muy alterada, y como experta financiera sabes muy bien que no es buena idea tomar una decisión así de manera impulsiva.

—Lo sé —asintió ella—, pero también sé que a veces no puedes tomarte el lujo de aplazar las cosas, y creo que esta es una de esas ocasiones. La van a operar en el momento en que se encuentre estable y los médicos saben lo que hay que hacer. Después, la tía Marsha me necesitará más que nunca. Lo mejor es poner mi idea en práctica ahora que tengo un poco de tiempo aún.

—Siempre existe la posibilidad de que los médicos cambien el diagnóstico después de hacerle más pruebas mañana.

—No se han equivocado —Brooke lo miró con expresión apesadumbrada—. Ya me había dado cuenta de lo agotada que parecía, pero me decía a mí misma que era lógico dada su edad —el tono de voz adquirió un tinte de amargura—. ¿Qué pretendes? Después de que mi tía y tú hayáis maquinado juntos para que volviera a la ciudad, ¿ahora quieres echarme?

—A Marsha se le romperá el corazón si sabe que has renunciado a tu orgullo y felicidad, y no me digas que tu casa no es más que una inversión. No paraba de hablar de lo mucho que te habías volcado en esa casa, y comprendía tu necesidad de independencia —ante la mirada de perplejidad de la joven, se encogió de hombros—. Sí, de vez en cuando me pedía consejo, y una de esas ocasiones fue cuando dejaste de vivir de alquiler y decidiste comprarte una casa.

Tras una pausa, continuó.

—Sé muy bien lo que puede pesar la familia en una decisión importante. Cuando me vine aquí a estudiar y luego decidí quedarme, mi familia no se mostró entusiasmada. Mi padre pensaba que iba a establecerme en Montana para poder ocuparme de su ganado entre cliente y cliente. Hubo un tiempo en que las cosas estuvieron algo tensas.

—Siento oírlo —contestó Brooke—, pero esto es diferente. Tu familia es grande. Mi tía no tiene a nadie más que a mí y, creo que ya te lo he contado, soy la hija que nunca tuvo. Si la dejo tirada en estos momentos de necesidad, ¿qué diría eso de mis sentimientos hacia ella?

—Nadie tiene derecho a juzgarte, ni siquiera tu tía, y ella jamás querría que renunciaras a tu vida por ella, y mucho menos que renunciaras a tus sueños, sobre todo si ve que te sientes atrapada.

—Por favor, olvida ese momento de debilidad —ella suspiró—. Lo cierto es que, con o sin trabajo, estaría aquí ahora mismo.

—Eso es lo importante, ¿verdad? —preguntó Gage—. Tuviste que sopesar algunos problemas, pero al final tu amor y devoción por ella se antepusieron a todo lo demás.

—Deberías haber estudiado psiquiatría —observó Brooke con no poca admiración—. Espero que la tía Marsha no se arrepienta de concederme todas las libertades que me he tomado en la tienda.

—Pasé por delante de la floristería esta tarde de camino al banco —él apuró la copa—, y vi la nueva decoración de los escaparates. Creo que lo estás haciendo genial.

—Todo es obra de Kiki —le aseguró ella—. Le gustará conocer la aceptación que ha tenido.

—Tengo hambre —dando un último sorbo al vino, Gage se levantó de la silla—, y considerando el tiempo que has pasado en el hospital, tú también debes de tenerlo. ¿Te gustan las tortillas? Marsha siempre tiene huevos y queso en su casa.

—Me encantan las tortillas, pero jamás me atrevería a darte de comer algo preparado por mí —protestó Brooke, salvo que sea una sopa de pollo de lata y una tostada. Aunque creo que soy capaz de crear algo parecido a una bruschetta.

—Seguramente llevas alimentándote de eso los dos últimos días —murmuró él—. Pues yo necesito más. Permíteme.

Gage se puso manos a la obra de inmediato sacando de la nevera los ingredientes necesarios, y en pocos minutos la cocina estaba impregnada del aroma a beicon y cebolla frita. Brooke no pudo resistirse a ayudar y se lavó las manos para poner la mesa.

—Después de un día tan largo como el que has tenido, no me puedo creer que aún tengas energía para esto —observó—. ¿Tuviste alguna llamada de última hora?

—Un par de cirugías.

Al ver que no añadía más detalles, Brooke decidió no preguntar cómo habían ido. Lo cierto era que no estaba preparada para más malas noticias.

—La tía Marsha cenaba a menudo huevos revueltos —continuó mientras él rallaba el queso y batía los huevos—, acompañados de tostada y gelatina. Al ver lo hábil que eres, no me cabe duda que sois dos almas gemelas cuando os juntáis en la cocina.

—De eso nada. Yo suelo obligarla a sentarse. Tengo miedo de pisar sus piececillos o darle un codazo en las costillas. Y, por cierto, me he dado cuenta de que vas descalza. Si no quieres que rompa a sudar del estrés, por favor, retira esos exquisitos pies tuyos de mi alcance.

El buen humor y consideración que mostraba el veterinario con ella hacía que la descripción de las situaciones vividas con su tía resultaran muy reconfortantes, hasta el punto de que le faltó muy poco para frotarle la espalda con la mano en un gesto cariñoso.

«¿Qué haces? Ni siquiera Parker despertaba esos deseos en ti, a no ser que fuera él quien empezara».

—¿Crees que la bruschetta sería demasiado? ¿Preparo mejor una tostada? —Brooke era consciente de que su voz sonaba agitada. Podría mantenerse alejada de él si se ceñía al otro lado de la encimera de la cocina, donde estaba la tostadora, y necesitaba algo para distraerse.

—De eso nada, adelante. Esos tomates parecen perfectos. Además, la comida sabe mejor cuando la prepara uno mismo.

—Yo creía que sabía mejor cuando se preparaba al aire libre sobre una hoguera —ella sacó el pan de molde de la nevera.

—Si tu vestuario incluyera unos vaqueros, te lo demostraría cuando quisieras.

—Claro que tengo vaqueros.

—Por supuesto de diseño.

—En mi barrio no se celebran muchas fiestas camperas —ahí la había pillado.

—No te equivoques, me encanta tu aspecto. Elegante y al mismo tiempo desquiciantemente sexy.

Algo en el tono de voz de Gage despertó la curiosidad de Brooke.

—Suena como si estuvieras describiendo a alguien en particular.

—Hay un cliente…

—Una dama.

—Estás siendo muy generosa.

—¿Es algo más que un exceso de perfume? —Brooke estaba completamente intrigada—. ¿Se viste para seducirte? ¿En la clínica? ¿Delante de tu anciano público?

—Lo has resumido bastante bien.

—Otros hombres dirían que eres un tipo con suerte —murmuró ella.

—Ninguno que me conozca bien. Ya te dije que me gusta ser el cazador.

—Por otro lado —Brooke no lo había olvidado, pero le divertía hacer de abogado del diablo—, ¿las reglas del decoro también se aplican para el sexo casual?

—Liz no es la clase de mujer con la que uno se arriesgaría con algo casual, sobre todo con el sexo.

—Liz… no estoy segura de que me suene.

—Hooper, era el apellido de su marido.

—Fue alcalde. ¿No murió hace poco?

—Hace casi un año, sí —Gage soltó un bufido—. Los chicos se han divertido de lo lindo apostando sobre por qué y cómo murió.

—Desde luego en esa clínica tuya no te aburres —murmuró Brooke—. No sé si tendré el valor suficiente para volver a entrar ahí.

—Pues cometerías un gran error —él se mostró repentinamente muy serio—. Allí eres tan respetada y admirada como lo serías en cualquier parte.

«Tiene ganas de besarte».

Brooke lo comprendió en cuanto sus miradas se fundieron. El hecho de que ella también quisiera volver a sentir esos labios sobre los suyos, saborearlo, apoyarse contra el fornido cuerpo, hizo que le temblaran las rodillas hasta el punto de que dio un brinco cuando el pan tostado saltó de la tostadora.

—Vaya una mano que te estoy echando —rio avergonzada—. ¡Acabo de quemar el pan!

Se sentaron ante los platos deliciosamente humeantes y Gage volvió a llenar las copas de vino sin dejar de contar divertidas anécdotas sobre la clínica. Entremedias, introducía alguna pregunta inocente para conseguir que ella se relajara. Al final funcionó, aunque no del todo. Tras el momento cargado de tensión sexual, ella había regresado a la pose de la fría ejecutiva.

«Porque sigue decidida a marcharse».

Aunque no lo haría si él podía evitarlo. Gage estaba muy apenado por el ataque de Marsha, pero desde luego no iba a dejar pasar la oportunidad de pasar más tiempo con Brooke.

—¿Mejor? —preguntó un rato después.

—Sí —Brooke cerró los ojos mientras se terminaba la tortilla—. Estaba deliciosa. ¿Por qué mis tortillas saben a cartón, y en cambio esta es jugosa, aunque con las verduras crujientes?

—Hay que estar encima de ellas. Los huevos revueltos se hacen a fuego lento, pero las tortillas se fríen en una sartén caliente y se hacen más deprisa.

—Intentaré recordarlo. Supongo que la parte negativa de criarte con asistenta es que no pasas mucho tiempo en la cocina —Brooke lo miró divertida—. Estás subiendo puntos en mi lista.

—Somos amigos. No se puntúa.

—Yo solo quería decir…

—Ya lo sé —Gage sonrió travieso—. Espera a probar mi sopa de tortilla —ese día terminaría por llegar, decidió—. Cada vez que tu tía se resfría, se la preparo.

—Curándote con Gage —anunció Brooke—. Suena a título de película independiente para un domingo.

El estómago del veterinario se retorció de deseo, y volvió a hacerlo cuando ella lo miró por debajo de las pestañas. Eran miradas más tímidas que coquetas, totalmente en contraste con su comportamiento profesional, y le resultaba tan seductor como ese delicado cuerpo que embutía en los elegantes trajes de ejecutiva, aunque fueran de seda.

—Y, eh… ¿cuándo piensas regresar a Dallas? —empezaba a excitarse y se revolvió en la silla.

—En cuanto pueda. Mañana, después de los nuevos análisis, sabré algo más. Creo que podría volver el domingo, recoger mis cosas y hablar con mi amiga Andi, Andrea Demarco, la agente inmobiliaria que mencioné. Ya nos ocuparemos de los detalles más adelante.

—Te acompaño —Gage era consciente de que tendría que alterar su agenda y buscar a alguien que le sustituyera, pero estaba dispuesto a endeudarse hasta el cuello—. Iremos en mi camioneta. Y no discutas —añadió ante la mirada de la joven—. En ese cochecito de muñecas que conduces no te cabe nada.

—Qué gracioso —ella se atragantó de la risa—. Pero tienes razón, práctico, lo que se dice práctico, no es. Pero ¿lo dices en serio? No te voy a negar que me serías de gran ayuda. Pero, por otro lado, tienes tus responsabilidades aquí. Estás de servicio las veinticuatro horas del día.

—Para las urgencias nos cubrimos entre varios veterinarios. Y si hace falta puedo tomarme libre el lunes. Si pudieras hacer lo mismo con la tienda, creo que no habrá problema.

—Sin duda —Brooke lo miró como si fuera una aparición orquestada por su hada madrina—. Gage, ¿lo dices en serio? No debería llevarme demasiado tiempo, no soy una gran coleccionista. Quizás, como mucho, nos llevaría también la mitad del lunes. Pero es que tienes tan poco tiempo para ti…

Hasta entonces había tenido todo el que deseaba, y en ese momento se dirigía hacia su objetivo. —En el asiento trasero de la camioneta debería haber sitio de sobra para todo tu armario, aunque seas más esclava de la moda de lo que aparentas ser.

—Alto ahí, caballero —ella le señaló con el tenedor—. Te recuerdo que lo mío es la calidad, no la cantidad.

Él ya lo sabía, sin necesidad de ver el armario. Siempre llevaba los mismos pendientes de oro y diamantes, y la misma gargantilla de oro. No llevaba ni anillos ni pulseras, solo un reloj de oro ocasionalmente.

—¿Tienes algún mueble del que no te sientas capaz

de desprenderte? —preguntó—. La parte trasera de la camioneta está vacía y solo harán falta unas mantas y cuerdas para que no se golpeen.

Tras unos segundos de duda, ella al fin sacudió la cabeza.

—Creo que no —aseguró con tristeza—. Solo mis efectos personales. Además, la casa resultará más atractiva con muebles y, sin duda, ya te habrás dado cuenta de que la tía Marsha es una gran coleccionista. Lo último que necesita es que yo añada más cosas —bajó la mirada al plato.

—¿Estás bien? —preguntó Gage.

—No mucho. Es que… sé lo que va a suceder. Todo. Y es como revivirlo de nuevo.

Era evidente que estaba recordando la muerte de su madre y la angustia que había vivido.

—Demonios, Brooke —murmuró él—, no llores, por favor.

—Para ti es fácil decirlo —Brooke se secó los ojos con la servilleta.

—Piénsalo, si lloras me sentiré obligado a llevarte en brazos a la cama. Y si eso sucede, ángel mío, no habrá reglas.

Capítulo 4

QUÉDATE con lo que quieras, es todo tuyo.

Era domingo y Brooke acababa de abrir la puerta de su casa de Turtle Creek. Tras su atrevimiento del jueves por la noche, Gage había pensado que ella anularía el viaje, y aún más cuando el estado de la tía Marsha empeoró el viernes y los médicos descartaron la sustitución de la válvula. Sin embargo, el sábado por la tarde la anciana mejoró y allí estaban.

La casa de Brooke estaba junto al parque de la universidad, uno de los barrios más reputados de Dallas. Gage había paseado por esa zona en su época de estudiante y no le sorprendía que fuera el lugar elegido por la joven. En su mundo, el mundo que su padre le había inculcado, la imagen lo era todo.

—¿Y ahora quién está provocando? —Gage no se refería a la bienvenida al apartamento sino a la seductora risa de la joven.

—Me refería a cualquier cosa que encuentres en la

cocina o la cámara de vinos —explicó ella—. Sírvete
—aquello no funcionó porque Brooke no conseguía
mantener una expresión seria—. Aleja tu mente del
fango, doctor.

—Eso ni se acerca remotamente al lugar donde se
encontraba mi mente —murmuró él.

Gage siguió a Brooke al interior de la acogedora
vivienda, más romántica de lo que se había esperado
para una joven y exitosa ejecutiva. La estructura de la-
drillo oscuro y los techos abuhardillados, junto con las
ventanas metálicas con forma de diamante, le recordaron a las casas de muñecas de sus hermanas, y así se
lo hizo ver a su dueña.

—Yo también tuve una de pequeña —contestó
ella—. Nuestra asistenta era alemana y las llamaba *He-
xenhaus*, casa de brujas —tradujo—, como en el cuento de Hansel y Gretel.

—No es de extrañar entonces que aquí me sienta
como un gigante.

—No es tan pequeña como para que te vayas gol-
peando la cabeza por todas partes

Brooke estaba en lo cierto y, a pesar de lo que suge-
ría el aspecto externo del edificio, el interior era completamente moderno, a la última en todos los detalles do-
mésticos. La decoración era sofisticada, los colores
relajantes: una mezcla de topo, azul hielo y marfil. Todo
guardaba una consonancia, excepto el marfil y oro de la
cocina, diseñada para agradar al cocinero de fin de semana. Gage se sintió tentado de gastarle una broma a
Brooke al preguntarle si tenía el libro de instrucciones
del horno pegado con adhesivo en la puerta, pero al ver
cómo se mordisqueaba el labio inferior, decidió no seguir arriesgando su suerte. En cambio, se fijó en los
muebles, acogedores, pero fieles al precepto según el
cual su dueña primaba más la calidad que la cantidad.

—Encajas perfectamente aquí dentro —asintió él mientras seguía recorriendo la casa.

—Eso ha sido muy bonito, pero después de una semana lejos de aquí, tengo la sensación de que pertenece a otra persona —Brooke dejó el bolso sobre un taburete y agitó los brazos en el aire—. Lo he dicho en serio, ponte cómodo. Esa puerta es la del baño. En el pasillo que lleva a los dormitorios hay otro, y otro más en el dormitorio principal. Andi llegará en cualquier momento, de modo que voy a llamar a la tía Marsha para decirle que hemos llegado.

—Traeré las cajas de la camioneta.

Por mucho que los médicos de Marsha hubieran intentado suavizar la situación, Gage sabía que la adorable anciana iba a tener que tomarse las cosas con calma a partir de ese momento, y era más que probable que sus días al frente de la floristería y tienda de regalos Newman's hubieran terminado. Su sobrina no había vuelto a hablar del tema, manteniéndose estoica al respecto, ganándose la admiración del veterinario. Era perfectamente humano tener miedo, o al menos preocuparse por lo que estaba sucediendo, y estaba demostrando poseer todo un carácter al tomárselo con tanta elegancia.

En su segundo viaje a la camioneta en busca de más cajas, un elegante Mercedes SL550 le obligó a parase en seco. Aunque el día estaba nublado, la conductora de negrísimos cabellos se quitó las gafas de sol, estilo Jackie Kennedy para mirarlo de arriba abajo. «De modo que esta es Andi», pensó él, la compañera de estudios y amiga de Brooke, y la persona que le había ayudado a comprar esa casa tres años atrás. Andrea Demarco bajó del deportivo como si fuera una modelo grabando un anuncio. Gage se fijó en las largas piernas, y en el resto del cuerpo elegantemente encerrado en un vestido de safari. Los neumáticos del coche llevaban la huella de un leopardo, al igual que el bolso de la mujer. Parecía dispuesta para un safari, o para pujar en una subasta benéfica, sobre todo si el objeto a subastar era masculino. ¿Otra Liz Hooper? No se imaginaba a Brooke siendo nada más que correcta con alguien así.

—Tú debes de ser Andi —Gage le ofreció la mano. Esperaba ser rechazado, dado que iba vestido con una camiseta y vaqueros, pero se trataba de una oportunidad única para descubrir si esa reina de Saba moderna iba a ser una ayuda o un estorbo para Brooke.

—Lo soy si tú eres Gage —susurró la mujer—. ¡Cielo santo!, Brooke me advirtió de que me esperaba un regalito, pero no mencionó que su amigo el doctor fuera todo un ejemplar.

—No soy más que un veterinario —contestó él, estrechándole la mano al final de un brazo lleno de pulseras de oro.

—¡Vaya!

Gage no pudo contener la risa ante la naturalidad con la que esa mujer coqueteaba. La tórrida mirada gris encerraba una sutil confianza que indicaba que sabía muy bien dónde trazar la línea si fuera necesario. Al menos Andi se mostraba mucho más relajada que Liz Hooper, cuyo estilo era más incisivo, casi desesperado.

—Brooke se alegrará de saber que estás aquí —informó él a la atractiva agente inmobiliaria—. Le vendrá bien tu apoyo moral. Ha sido una semana muy dura para ella.

—Ya me he enterado. Esperaba vivir en esta casa unos cuantos años más, y sé que para ella no es poca cosa ponerla en venta —Andi miró hacia el edificio—. Por otro lado, me encantó la casa en cuanto la vi, y créeme que no tiene nada que ver con su aspecto inicial. Es horrible que su tía no esté bien y que Brooke se vea obligada a quedarse una temporada en Sweet Springs, pero me encantará conseguir venderla por la cantidad que se merece.

—Algún día se alegrará por ello.

—El doctor no solo es atractivo —Andi lo miró detenidamente—. También es sensible.

—También suelo ser amable con los niños y los ancianos.

—Llévame adentro antes de que olvide que mi visita es profesional —ella soltó una carcajada.

Gage recogió las últimas cajas de la camioneta y abrió la puerta para que Andi entrara. En cuanto Brooke los vio, corrió hacia su amiga para abrazarla.

—Cuánto me alegra verte. Gracias por venir. Ya sé que esta casa es muy poca cosa para lo que tú acostumbras.

—Tonterías. Además, hasta un trastero vale una fortuna en este barrio, y tu preciosa morada no es ni mucho menos un trastero —Andi reculó para observar mejor a su amiga—. Qué mala suerte, he estado preocupada por ti, y por Marsha, claro. ¿Cómo se encuentra?

—Asustada. Ya era bastante malo lo de la cadera, pero el corazón… —Brooke sacudió la cabeza.

—Ya me lo imagino, pero tenerte a su lado le estará haciendo mucho bien —la otra mujer volvió a abrazarla—. Y ahora, cuéntame, ¿qué te llevas y qué dejas?

—Te he hecho una lista.

—Yo soy eficaz —Andi se dirigió a Gage con evidente orgullo—, pero esa de ahí me hace parecer una principiante. Si todos mis clientes fueran tan atentos y considerados, podría tener el doble de clientes, con

menos malentendidos —sin embargo, al repasar la lista, arqueó las depiladas cejas—. Cielo santo, querida.
Es evidente que has estado trabajando demasiado y te
has vuelto loca. Lo dejas prácticamente todo.

—No me gusta pensar que estas cosas tan bonitas
vayan a quedar encerradas en algún desván sin que nadie pueda disfrutarlas —aunque la mirada de Brooke
estaba cargada de pena, se encogió de hombros, resig-
nada—. Al menos así alguien las utilizará, suponiendo
que encuentres a algún comprador que se enamore de
todo esto, como yo me enamoré.

—¿Y por qué ibas a tener que guardar nada en un
desván? —Andi la miró aturdida—. Dijiste que la
casa de tu tía era tan grande como un museo.

—Y también llena de cosas —contestó ella secamente—. Además, hay un montón de escaleras y después del segundo viaje al ático, que seguramente también estará lleno, los de la mudanza sin duda lo
dejarían todo en el jardín y saldrían corriendo.

—¿Puedo intervenir? —Gage levantó la mano derecha—. Yo estoy dispuesto a ayudar.

Ya me estás ayudando bastante este fin de semana —insistió Brooke—. Por no mencionar lo que has
hecho hasta ahora. ¿Qué pasaría si te lastimas la espalda? Ya me siento bastante culpable.

—Además es una espalda muy bonita —observó
Andi—. ¡Y qué fuerte parece!

—Es evidente que ha llegado el momento de anunciar que en mi casa hay varias habitaciones vacías —
Gage miró con severidad a Andi antes de dirigirse de
nuevo a Brooke—, y la mitad se encuentra en la primera planta. Lo que no sea demasiado sensible al pol-
vo o la humedad, puede guardarse en el granero. Los
transportistas podrían meter el camión en el jardín.

—Por favor, antes de marcharme, recuérdame que

te pida el número de teléfono de tu hada madrina —susurró Andi al oído de su amiga—. Si existe otro hombre la mitad de bueno de lo que parece este, te lo descontaré de mis honorarios.

—Le estás avergonzando —Brooke se sonrojó violentamente—. Y a mí también.

—Y a mí también —la otra mujer soltó una carcajada—. No pasa nada. Empezaré a tomar medidas y a hacer fotos. Avisadme cuando estéis listos para tomar una copa de vino. Quiero que me contéis si hay algo más que merezca ser visto en el este de Texas.

—Es una mujer maravillosa —Brooke esperó a que Andi hubiera desaparecido—, pero hace poco que rompió con su pareja y está un poco más sarcástica de lo habitual. Llevaban años viviendo juntos y ella pensaba que sería el definitivo, con o sin boda. Pero el día de su cumpleaños, en lugar de un regalo, recibió la noticia de que ya no le resultaba divertida y que la abandonaba.

—Siento oír eso —contestó Gage—. Es una mujer atractiva.

—¡Es impresionante! Como un ave exótica.

La expresión cargada de tristeza de Brooke hizo que Gage sintiera el impulso de tomarla en sus brazos. Para ser una sofisticada ejecutiva, era bastante ingenua en lo concerniente a las relaciones personales. Cuando entregaba su amistad a alguien, lo hacía abiertamente, como un niño, y Gage aún no estaba seguro de que Andi se mereciera tanta confianza. A fin de cuentas, le había dejado bien claro que estaba dispuesta a conocerlo mejor. Por otro lado, empezaba a pensar que, en parte, se debía a la propaganda que le había hecho Brooke.

—El maquillaje sin duda ayuda —insistió él—, pero aún no sabemos lo que hay debajo.

—A los hombres les gustan las mujeres cuyas piernas empiecen en las axilas.

—Sobre todo en Las Vegas —murmuró Gage—. Pero no comprendo cómo un atributo físico puede ayudar en una relación rota. Sí me gusta su franqueza y parece tener un gran sentido del humor.

—¿Y desde cuándo a los hombres les importa el sentido del humor de las mujeres?

—Desde siempre —sonrió el veterinario—. Sobre todo cuando están en apuros, como ahora.

—Quiero que te guste mi amiga —Brooke pareció relajarse un poco.

—Y me gustará. Pero no me lo tengas en cuenta si no puedo evitar que me gustes más tú. Mucho más.

La escena parecía sacada de una película en la que la mujer se mostraría a continuación dulce y complaciente, mientras que él, reafirmado en su convicción, la besaría apasionadamente. Sin embargo, Brooke se dio media vuelta y empezó a ahuecar los cojines del sofá.

—Simplemente me conoces desde hace más tiempo —observó al fin—. Dale una oportunidad.

Gage no se podía creer lo que estaba oyendo. Después de los momentos de ternura y tentación que habían compartido la semana anterior, se sentía más que defraudado. Se sentía ¿traicionado? ¿Utilizado?

—Creo que haría mejor invirtiendo mi tiempo organizando estas cajas —sin más comentarios, tomó las cajas y se dirigió al salón antes de decir alguna inconveniencia.

Unas tres horas más tarde, estaban sentados en la cocina terminando la comida. Brooke había encargado comida asiática de su restaurante favorito, a unas pocas manzanas de allí. Tras haber comido todo el pollo con sésamo que pudo, bebió a pequeños sorbos el chardonnay mientras observaba a Andi y a Gage inmersos en una animada conversación. Estaba segura de estárselo imaginando, pero ambos parecían decididos a demostrar algo, a demostrárselo a ella, y eso le hacía sentirse cada vez más incómoda.

—¿Por qué no debería tener un perro? —Andi hacía entrechocar los palillos como si pretendiera amenazar al veterinario.

—Porque no te va a proporcionar lo que realmente estás buscando —Gage mantenía una aparente calma, aunque pinchó el trozo de brécol con el tenedor con excesivo entusiasmo—. Además, trabajas demasiado. Pasaría lo mismo que con Brooke y Humphrey. Un perro necesita atención, compañía y ejercicio. A no ser que estés dispuesta a dedicarle ese tiempo, no vas a conseguir tener la mascota que esperas.

—¡Por el amor de Dios! —Andi no se lo tomó muy bien—. No te estoy hablando de adoptar a un galgo rescatado de una jaula en un canódromo. Me refiero a algo más pequeño, un juguetito que pueda llevar a todas partes en mi bolso. ¿No hacen caniches negros de ese tamaño?

—Según he oído, la última empresa que los producía quebró —murmuró él—. Ahora hay que encargarlos en Guam y solo los tienen en color blanco.

Ante la disparatada conversación, Brooke echó mano de la botella de vino y se sirvió otra copa. Quizás debería haberle advertido a Gage que, para Andi, las discusiones eran otra versión de los juegos preliminares. El veterinario estaba cayendo directamente en sus manos.

—Te estás enfadando conmigo —se disculpó Andi con un travieso mohín.

—En absoluto. Pero me recuerdas a una mujer que estaba ansiosa por cruzar a su perro salchicha. Teniendo en cuenta la edad del bicho, le pregunté si ya se había puesto caliente y ella me contestó que, desde el primer día que había entrado en su casa, se había pegado a la calefacción.

Solo por si acaso, Brooke le arrancó los palillos chinos de las manos a su amiga.

—Bueno, pues a mí me parece que quedaría muy bien entrando en las casas de los clientes con una pequeña versión caniche de mí misma —observó Andi dirigiéndose a Brooke.

—Sin duda —asintió ella sin atreverse a mirar a Gage.

—¿Y qué dirán los propietarios de las casas cuando sepan que solo uno de los dos está educado?

—¡Gage! —Brooke le lanzó una mirada cargada de súplica.

—Llevaríamos las uñas pintadas del mismo color —continuó Andi como si no hubiera oído nada.

—Un perro no es un complemento de moda —espetó el veterinario secamente.

—¡Ya basta! —exclamó Brooke espantada ante el giro que había dado la agradable conversación—. Lo cierto, Andi, es que a ti te atraen los bichos tan poco como a mí. ¿Estás segura de que es buena idea adoptar uno?

—Muy bien, os lo explicaré —Andi apuró la copa y la dejó ruidosamente sobre la mesa de madera—. Tras romper con el innombrable, tuve varias citas a través de una página *online*, cada una peor que la anterior.

—Lo siento mucho. Toma mi copa —Brooke le ofreció más vino—. Eres mucho más valiente de lo que yo seré jamás. ¿Te atreviste con una página de citas *online*? Yo jamás podría hacerlo.

—Además, ¿qué pensaría tu padre? —intervino Gage.

Tanto Brooke como Andi lo taladraron con la mirada.

—No temas más por mí —añadió Andi—. He renunciado a todo eso, pero mira dónde estoy. ¡Y encima tú, mi recurso de los viernes por la noche, te marchas!

—Solo estaré a un par de horas de aquí —Brooke sacudió la cabeza sin tragarse el numerito de la ansiedad—. Además, durante la semana casi nunca nos veíamos, solo nos mandábamos mensajes.

—Pero me encantaba quedarme a dormir en tu casa —la otra mujer apretó la mano de su amiga—. Era como pasar el fin de semana en un spa, sin nadie que juzgara tu aspecto —se volvió hacia Gage—. Seguramente ya te habrás dado cuenta, pero esta mujer sabe escuchar como nadie.

—Solo porque tus historias son mucho más interesantes que las mías —le aseguró Brooke.

—Por desgracia, así es —la risa de Andi fue breve, pues enseguida adoptó una expresión seria—. El hecho es que fuiste bien educada por tu querido papaíto, partidario de que a los niños había que verlos, pero no oírlos, y aún no te has liberado de su adoctrinamiento.

—Gracias —musitó Brooke—. Me encanta que me comparen con un robot.

—Conoces el mundo financiero mejor que nadie. Seguramente igual que Warren Buffet. Me gustaría que te mostraras igual de confiada sobre ti misma.

—Como voz minoritaria en el tema de las citas —Gage intervino—, me atrevo a sugerir, Andi, que tu mala suerte en el amor se relaciona con la negativa de algunas personas a involucrarse.

—Seguramente porque mi lema es «hazlo bien o no lo hagas» —la agente de bolsa sonrió y miró al veterinario con gesto suplicante—. Por favor, dime al menos que tienes un hermano gemelo.

—Lo siento, aunque sí tengo tres hermanos y dos hermanas.

—¿Alguno está soltero? —el interés de la mujer pareció acrecentarse—. Me refiero a los hermanos.

—Dos. Pero jamás conseguirás sacarlos de Montana.

—¿Lo ves? —Andi se volvió hacia su amiga—. No tengo suerte —se llenó la copa con el vino que le había ofrecido Brooke y se levantó—. Si no os importa, me lo llevo. Es hora de hacer algunas llamadas y regresar al trabajo. Así os dejo para que os pongáis manos a la obra.

—Desde luego es pura dinamita —observó Gage—. No entiendo cómo sois tan buenas amigas.

—La has provocado —Brooke se preguntó si la amistad podría continuar mientras tomaba plena conciencia de cómo se sentía una pelota de tenis en Wimbledon.

—Dale al botón de rebobinado, cariño. Fue ella la que empezó.

—Andi es más extravertida de lo que yo seré jamás —ante la evidencia, lo único que podía hacer era resaltar los méritos de su amiga—, pero posee un enorme corazón y desde el principio me ha protegido, y también cuidó de mis intereses cuando me puse a buscar una casa que fuera a la vez hogar e inversión. Se ha convertido en mi mejor amiga.

—Quiero creer que es así, sobre todo cuando se refirió a tu padre como «querido papaíto».

—Tus orejas casi se pusieron tan tiesas como las de Humphrey cuando lo mencionó —Brooke rascó el fondo de un envase antes de recogerlos todos y tirarlos a la basura—. No te equivoques. Mi padre nunca abusó físicamente de mí.

—Muy bien, ¿pero qué me dices de los abusos emocionales?

—No todo el mundo nace con el don de la efusivi-
dad —no era fácil encontrar la respuesta—. Pero eso
no lo convierte en una mala persona.

—¿Cuántas noches lloraste hasta quedarte dormida?
—Gage llevó los platos al fregadero—. Y no cuentan
las veces en que echabas de menos a tu madre o porque
tu padre estaba ocupado.

Brooke sabía muy bien a qué se refería y se sentía
como si se hubiera expuesto desnuda en público. Sin
embargo, era incapaz de enfadarse con él cuando sabía que solo intentaba comprender y mostrarle su apoyo.

—Te lo vuelvo a decir —lo más sabio, no obstante,
era levantar un buen muro—. Deberías abrir una consulta de psicoanalista, doctor.

—Me arruinaría. Mi problema es que solo me interesa analizar a una persona.

—No estoy segura de que merezca la pena que
pierdas tu tiempo con ella.

—No estoy de acuerdo, pero no espero que una
persona tan modesta como tú responda otra cosa —
Gage se acercó a ella y le agarró los brazos, obligán-
dola a mirarlo—. Aclaremos una cosa. Deja de intentar liarme con tu amiga.

—¡Qué vergüenza! —ella bajó la mirada—. Ya estoy bastante avergonzada como para que me digas lo
evidente que ha sido mi maniobra.

—El fracaso era inevitable, dado que tu corazón no
está de acuerdo con tu cabeza.

Resultaba tan natural estar allí con él que Brooke
no se dio cuenta de que le estaba acariciando el fornido torso hasta que le tomó una mano y la sujetó sobre
el corazón. El gesto hizo que sus miradas se fundie-
ran.

Brooke olvidó dónde estaban, y que Andi estaba al

otro lado de la puerta. Se sintió transportada a la noche en que habían estado juntos en el columpio, cuando todo había parecido ir bien.

—Esto es un error —musitó sin poder despegar los ojos de los labios de Gage.

—Permíteme demostrarte lo contrario.

Gage agachó la cabeza y ella sintió su cuerpo reaccionar de inmediato, como si alguien hubiese pulsado un interruptor. El simple roce de los labios, increíblemente dulces, pero también sensuales, le hizo sentirse deseada y querida. Lo animó a continuar y él no la defraudó, besándola con pasión y arrancándole un gemido de deseo.

Gage la levantó en vilo hasta que sus rostros estuvieron a la misma altura, y Brooke sintió los pezones endurecerse contra el masculino torso, y también sintió la creciente erección entre las piernas. Convencida de ser una mujer de pasión y sensualidad limitadas, era maravilloso comprobar que había alguien capaz de excitarla tan rápidamente que no había sido capaz siquiera de formular un pensamiento coherente.

—Ojalá estuviésemos solos para que pudiera besarte de verdad.

El escalofrío que le provocaron las palabras de Gage se debió a la seguridad de que podría haber más, que ese beso podría ser aún mejor. Pero, por mucho que lo deseara, apoyó las manos en los hombros de Gage y empujó hasta que él la depositó de nuevo en el suelo.

—Andi —fue lo único que tuvo que decir.

—Sí, lo sé. Lo siento —el veterinario asintió.

—No es que no me apetezca a mí también —ella le limpió el carmín de los labios.

—Ya era hora —la ardiente mirada hizo que Brooke temiera lanzarse en sus brazos—. Para ser una mujer tan pequeña tienes una tremenda fuerza de voluntad.

Ya no. No en lo que a ese hombre se refería. Y cuando Gage le acarició el erecto pezón con el pulgar a través de la camiseta, ella gimió y se cruzó de brazos.

—Por favor. Tengo que ir a hablar con Andi ahí fuera.

—Si intenta proponerte algo sórdido, recuerda que soy hombre de una sola mujer.

—Y muy malo —Brooke no pudo contener una carcajada.

Andi no estaba donde Brooke la había visto la última vez, lo cual no era malo porque, sin duda, sus labios seguían rojos e hinchados del beso. Concediéndose un par de minutos más, consultó el buzón, a pesar de que había hecho transferir todo el correo a Sweet Springs. Lo encontró tan vacío como era de esperar y regresó a la casa.

—Necesito saber si vas a dejar todas las esculturas del jardín —Andi la recibió cámara de fotos en mano junto a la ventana que daba a la cocina—. No las he visto en la lista.

Brooke se sintió aliviada al pensar que si Andi hubiese sido más rápida, habría visto toda la escena.

—Solo he hecho el repaso del interior —contestó—, pero sí, todo lo compré para que encajara en este entorno. No estaría bien quitarlo.

—Me estás facilitando mucho el trabajo y, además, vas a hacer muy feliz a alguien —Andi asintió complacida—. Desde luego, la casa está lista para habitar, tanto por dentro como por fuera.

—Bueno, aunque no pensé que fuera a llegar este momento, fuiste tú quien me enseñó a valorar una buena oferta —le recordó Brooke—. Y una venta rápida hará que sea menos doloroso.

—¿Tienes pensado comprarte algo en el este de Texas? —preguntó su amiga tras repasar las notas—.

Tendrás que pensar en reinvertir para que no te frían a impuestos.

—No lo sé —ella rezó para que Gage no estuviera oyendo la conversación—. No lo había pensado aún. No necesito precisamente otra casa más que mantener y, según todos los indicios, puede que la tía Marsha no regrese nunca a su casa. Al menos, no sin alguien que viva con ella.

—Y además está Gage en la puerta de al lado —su amiga ajustó el tema a la realidad—. ¿Es verdad que aún no has visto su casa? Deberías echar un vistazo. Tienes que averiguar si es la típica casa de soltero o si se trata más bien de un castillo aguardando a su reina. En cualquier caso, necesitará un toque femenino.

—Andi, de verdad —balbuceó Brooke—. Eso es lo último en lo que…

—¡Sí, sí! —su amiga levantó un dedo para exigir silencio—. No te molestes en intentar disimularlo. Somos amigas, ¿recuerdas? Estoy muy familiarizada con tus maneras de gran dama y cómo intentas no hacer daño a nadie. Te conozco.

No pretendía nada al presentaros, lo digo en serio.

—Y te creo. Pero también creo que, si bien no quieres sentir nada por nadie, estás empeñada en abandonar demasiado pronto —Andi sacudió su magnífica y negra melena—. Seamos sinceros, ese tipo está medio loco por ti. Y no pienses que no me alegro. Estaba dispuesta a entregarle mi tarjeta de visita con la esperanza de que encontrara el momento de cruzar el estado para ocuparse de mis asuntos.

—Estoy hecha un lío —Brooke no quería insultar la inteligencia de su amiga negando lo evidente—. No lo busqué, y es una complicación añadida que no necesito en estos momentos.

—Anda, cállate —bufó su amiga mientras le daba un abrazo—. Es todo un hombre, al estilo de los vaqueros. Y él lo sabe muy bien. ¿Cuántas veces en la vida te cruzas con alguien tan equilibrado? No la fastidies, y créeme que podrías hacerlo. A ti nunca se te ha dado bien compartimentar. A esas sanguijuelas que tenías como jefes les entregaste tu atención incondicional. Lo cual, dicho sea de paso, quizás evitara que te casaras con ese imbécil, pero ahora estás haciendo lo mismo con tu tía y su negocio. Te diré una cosa, Gage no es Parker, y te va a obligar a cambiar. Él quiere su parte de esas tórridas miradas, y será mejor que se la des.

Andi hizo la última foto y se guardó el móvil en el bolsillo.

—He terminado. Hora de regresar a la oficina y empezar con el papeleo. Seguramente estarás de vuelta en Sweet Springs para cuando lo tenga todo listo. Mañana te enviaré por fax todo lo que necesito que me firmes —dirigiéndose ya al coche, se detuvo—. Aún no hemos hablado del precio.

—Tú eres la experta —Brooke no sabía si reír o llorar—. Confío en ti.

—¿Estás segura?

Eran las siete y media de la tarde cuando Brooke le anunció a Gage que deberían dejarlo. Aunque le dolía la espalda de llenar cajas con libros y el estómago hacía rato que había empezado a rugir de hambre, sabía que debían regresar a Sweet Springs al día siguiente y que aún quedaban muchas cosas por hacer. Y llegados a ese punto, necesitaba centrarse en ello.

—Déjame terminar estas dos cajas y luego, ¿qué te parece si guardo lo de la cocina? —propuso—. He echado un vistazo a lo que tienes ahí y no me llevará más de una hora. Nunca había visto unos armarios de cocina tan vacíos. Ya sé que no eres de las que guisan, pero ¿nunca has dado una fiesta? ¿Ni siquiera encargando la comida a un servicio de catering?

—Aquí no —ella se encogió de hombros—. Casi todos mis clientes son hombres y no todos están casados. Y los que lo están no suelen traerse a sus mujeres a las cenas de negocios. Para evitar complicaciones, es mejor ofrecer las cenas en otro lugar. Y lo mismo sucede con las fiestas privadas. Nunca tuve tiempo de meterme en la cocina.

A Gage le complació oírlo. Eso explicaba por qué la nevera contenía básicamente cerveza, vino y agua mineral. Por otro lado, estaba convencido de que Brooke habría pasado más tiempo en la cocina si hubiera alguien allí con quien deseara estar.

—Debes de estar agotada después de recoger el dormitorio y el cuarto de baño. ¿Por qué no nos preparas algo para beber y me haces compañía? —propuso, pidiendo un whisky con agua.

—Hecho. Yo conduciré. Si bebo ahora, me caeré redonda en el sofá y dormiré hasta mañana. Piensa qué te gustaría comer. Hay algunos asadores por la zona que hacen unas deliciosas hamburguesas y carnes a la parrilla.

—Es sábado por la noche —la idea de tener que volver a compartirla con alguien no seducía en absoluto al veterinario—. Todos los sitios estarán atestados de gente y ni siquiera vamos a poder hablar. ¿No podríamos pasar por ese supermercado gourmet que vimos al venir?

—No puedo permitir que encima cocines después de todo lo que ya has hecho —sentenció Brooke—. ¿Qué te parece una pizza?

—Suena estupendo.

—Pues dime cómo te gusta la tuya. En cuanto te traiga tu copa, llamaré para encargarlas.

Menos de una hora más tarde, Gage se lavó y abrió la puerta al repartidor de pizzas. Brooke seguía al teléfono hablando con su tía por última vez aquel día. El sol se escondía por el horizonte iluminando a su paso los robles y enebros del pequeño, pero bonito, jardín trasero. No le hubiera importado vivir en esa casa, si se encontrara al este de Texas.

Tras dejar la pizza en la cocina, le preguntó mediante gestos si le apetecía beber vino. Sin dejar de hablar con su tía, ella se dirigió a la nevera de vinos y eligió un cabernet.

Guiñándole un ojo apreciativamente, Gage abrió la botella y la dejó respirar para que alcanzara la temperatura perfecta. No se molestó en fingir que no escuchaba la conversación entre Brooke y su tía, le agradaba el tono cálido y preocupado con el que se dirigía a la anciana.

—No, cariño, esta noche no regresaré. Seguimos en Dallas. Sí, eso es, te lo expliqué antes, pero estabas aturdida con tanto médico y enfermera. Es normal que no lo registraras. Mañana por la tarde, en cuanto descarguemos todas mis cosas, iré a verte —Brooke sacó dos platos del armario y se los pasó a Gage—. No te preocupes, tía Marsha, ya buscaré un sitio donde dejar las cosas. Humphrey está bien, Gage acaba de hablar con Roy. Se ha echado novia, una labrador dorada llamada Lily. No, Gage, aún no tiene otro perro. Los dueños de Lily se han ido fuera y la están cuidando en la clínica —miró a Gage y sonrió—. Bueno, seguro que con eso vas a alegrarle el día. Se lo diré. Intenta dormir un poco, cielo. Pronto te veré.

—Creo que te hará falta el vino —observó él en cuanto finalizó la llamada.

Brooke le dio las gracias y se sentó a su lado para transmitirle el mensaje de su tía.

—La tía Marsha me ha dicho que te consideres besado por cuidar tan bien de Humphrey.

—Yo creo más bien que te habrá dicho que me des tú un beso de su parte —contestó Gage—. Me fijé en tu sonrisa, fue de lo más reveladora.

—Pues tendrás que preguntárselo cuando la veas.

—Estoy siendo estafado —murmuró él, aunque incapaz de fingir enfado. Abrió la caja de la pizza y pensó que, si había algo de justicia en el mundo, antes de que acabara el día recibiría su beso—. ¿Qué tal está? Daba la sensación de tener algún problema de memoria.

—Pero hay un buen motivo —Brooke suspiró—. Le han comunicado que van a operarla.

—¿En serio? ¿Cuándo?

—La operación está programada para el jueves.

El viernes anterior, el médico había asegurado que la operación estaba prevista para mucho más adelante.

—¿Ha sucedido algo para que hayan adelantado la fecha?

—No se acuerda del motivo exacto —explicó Brooke con la preocupación reflejada en su mirada—. Sospecho que al doctor no le gustaron sus análisis. Es lo primero que voy a averiguar mañana.

Caída la máscara de la cuidadora tranquila, en su lugar apareció el rostro de una sobrina destrozada por las dudas y el miedo.

—Todo saldrá bien —le aseguró él, acariciándole la mejilla.

—Pero ¿y si no está lo bastante fuerte, o si surge algún otro problema que no hubieran previsto?

—No puedes pensar así —Gage aceptó el plato que ella le ofreció—. En cualquier caso, si surge algún problema, está en el mejor lugar posible. Y no le serás de ayuda si te pones enferma.

—Créeme —le aseguró Brooke—, ella ni se dará cuenta de mi estado cuando entre en su habitación.

—Entonces te agradezco doblemente que seas tan abierta conmigo.

—Será mejor que comamos antes de que empiece a decir tonterías —declaró ella—. La pizza huele de maravilla. Andi y yo solíamos pedirnos la de masa fina y verduras.

—Mujeres… —él le dedicó una mirada cargada de lástima—. ¿Dónde está la gracia?

Gage había pedido una pizza de pimiento, salchichas y jalapeños con la masa gruesa y extra de queso. Brooke le había advertido que iba a quitarle todo el pimiento.

—Tú no sabes lo que te conviene —bufó el veterinario—. Debería habérmelo imaginado cuando pediste pollo con sésamo para comer. Supongo que tendré que darte las gracias por no haber pedido media pizza de beicon y piña.

Gage comía con deleite mientras disfrutaba observando la femenina contención y cómo Brooke se limpiaba las comisuras de los labios después de cada bocado a pesar de que no quedaba ni una miga en sus labios.

—¿Alguna vez te has manchado la ropa de comida desde que, digamos, eras un bebé? —personalmente lo dudaba.

—Siempre se me ha dado muy mal la comida italiana —ella lo miró con severidad—. Tanto que jamás la pido a no ser que coma en casa. El problema está en el giro del tenedor. Yo estoy convencida de que lo hago bien, pero mi ropa termina pareciendo la escena de un crimen.

—Eso es imposible —contestó Gage—. ¿Alguien que maneja los palillos chinos tan bien como tú? Este mediodía estaba pensando que debes de tener algún antepasado asiático en tu árbol genealógico. Ojalá se me hubiera ocurrido pedir comida italiana. Donaría la cantidad que me pidieras a tu obra de caridad preferida con tal de ver esa salsa en tu nariz.

A punto de contestar, Brooke se detuvo cuando el móvil sonó.

—Lo siento, no esperaba ninguna llamada después de haber hablado con la tía Marsha. Debería haberlo apagado. Me revienta que la gente te llame a la hora de comer —sin embargo la sonrisa se congeló en su rostro al mirar la pantalla—. Maldita sea, es mi padre.

Gage se fijó en cómo la joven se llevó una mano al estómago, como si estuviera a punto de vomitar. ¿Qué clase de padre provocaba una reacción semejante en una hija a la que se suponía debía amar? La relación entre él y su propio padre no siempre había sido fluida, pero estaba convencido de que el hombre se dejaría arrancar una pierna antes de ver sufrir a sus hijos.

—Hola, papá —Brooke le dio la espalda a Gage—. ¿Has vuelto a los Estados Unidos de América?

Damon Chandler Bellamy. Gage había oído el nombre completo aquella mañana, pronunciado en tono sarcástico por Andi, y también había visto algunas fotos suyas en el estudio. Era un hombre atractivo, con cierto aire de actor europeo. Frío y calculador a la par que delgado y elegante. Por las fotos familiares, Gage había adivinado, no sin satisfacción, que su estatura era inferior a la media, algo intermedio entre Napoleón y Tom Cruise. Los cabellos rubios evidenciaban que el de Brooke era su color natural, y que los preciosos ojos marrones los había heredado de su madre. Los de Damon Bellamy eran de un gélido tono gris acerado.

—¿Qué has dicho que vas a hacer?

La brusca exclamación devolvió al veterinario a la realidad. Brooke apartó el teléfono varios centímetros del oído y se volvió hacia él con expresión avergonzada. Gage sintió el impulso de tomar ese teléfono y gritarle a ese tipo si tenía algún problema.

—No hay más remedio, papá. No puedo buscar trabajo mientras la tía Marsha esté tan mal. ¿No recibiste mi mensaje en el que te explicaba que su estado se había agravado?

«Demonios», pensó Gage. Ese tipo no tenía sangre en las venas si ni siquiera había preguntado por el estado de su cuñada.

—Ella no tiene la culpa. Acabo de saber que el jueves la van a operar para sustituirle una válvula. Si han adelantado la intervención, quiere decir que están preocupados.

Mientras el padre de Brooke lanzaba una serie de órdenes, su hija se acercó a la mesa en busca de la reconfortante copa de vino. La mano temblaba ligeramente y Gage tuvo que refrenar el impulso de abrazarla con fuerza para brindarle su apoyo moral, pero ¿se lo permitiría?

—Eso es imposible, padre —tras lo que pareció una eternidad, Brooke contestó—: Está asustada, y no pienso abandonarla en ese estado. El personal del hospital es estupendo, pero no pueden ofrecer la tranquilidad que proporciona la familia.

«Eso es, cariño, que se entere bien». Al veterinario le alegró la tímida muestra de rebeldía.

Tras otra prolongada sesión de advertencias, ella contestó de nuevo:

—Comprendo que cuanto más tiempo esté fuera de circulación más difícil me será encontrar un buen trabajo, pero no hay nada que hacer.

Lo siguiente que dijo Damon Bellamy hizo que Brooke tuviera que agarrarse al respaldo de la silla.

—Eso ha sido innecesario. Comprendo que el campo no te resulte atractivo, pero allí he pasado algunos de los mejores años de mi niñez con la tía Marsha. Sé que ya no soy una cría, pero tampoco me considero una mártir. Escucha, tengo que dejarte, llaman a la puerta. Me pondré de nuevo en contacto contigo después de la operación. Gracias por llamar.

Brooke colgó la llamada y alejó el teléfono de su lado tanto como le fue posible.

—Seguramente voy a lamentarlo, pero… —tomó un gran sorbo de vino y miró apenada a Gage—, me imagino que ya te habrás dado cuenta de que la conversación no ha ido bien.

—Tu padre habla muy alto cuando está enfadado.

—Subestimé lo mucho que le disgustaría mi decisión —explicó ella con voz temblorosa.

«Lo que has subestimado es su capacidad para comportarse como un imbécil».

—Debería haber salido de la habitación para concederos más intimidad, pero lo cierto es que no me apetecía hacerlo —Gage se moría de ganas de tomarla en sus brazos—. Soy más bien poco tolerante, sobre todo con los padres abusones.

—En realidad no es así —Brooke dio un respingo—. Es que está acostumbrado a hacerlo todo él.

—Pero tú eres su hija, no su protegida. Disculpa por mi intromisión, pero parecía tan enfadado con tu tía como lo está contigo.

—Opina que la tía Marsha ya ha vivido su vida y que no debería cargarme a mí sus problemas.

—Claro, el mundo de los negocios es mucho más importante, ¿verdad? Ayudarse forma parte de lo que hacen las familias, no solo un voto matrimonial. «Para lo bueno y para lo malo» —siempre le había sorprendido la facilidad con la que se pronunciaban esas palabras durante las bodas, para incumplirlas casi de inmediato.

—Fue hijo único —Brooke jugueteó con el último trozo de pizza—, y sus padres no tenían casi nada. Eso le convirtió en una persona extremadamente ambiciosa. Podría haber salido de una novela de Dickens.

—¿Estaba en la lista de lectura de tu madre?

—Si alguien te dice que tienes mala memoria, no te lo creas —Brooke sacudió la cabeza con expresión triste—. Quizás esos libros ayudaran a mi madre a comprenderle, y quizás también le ayudaran a apelar a su lado más compasivo, pero cuando ella murió, enseguida volvió a su antiguo ser —se encogió de hombros—. No te preocupes, no es la primera vez que soy víctima de sus críticas, y dudo que sea la última.

—Pensar que te estás endureciendo hace maravillas en mi tranquilidad de espíritu.

—No seas demasiado amable conmigo —ella desvió la mirada bruscamente—. Estoy cansada y emocionalmente agotada y podría hacer alguna tontería como echarme a llorar. Créeme, me cuesta menos manejar el criticismo de mi padre que tu ternura.

—Cariño, pides demasiado —las palabras de la joven le resultaban muy aclaratorias a Gage, pero no iban a ayudarle a conciliar el sueño. Estaba loco por esa mujer—. Mis hermanas me hicieron ver lo instructivas que son las películas románticas en caso de apuro, pero jamás vi una en la que la chica se arrojara en brazos del galán tras verlo engullir una pizza.

—Yo tampoco —las lágrimas al fin afloraron a los ojos de Brooke, pero fueron lágrimas de risa—. Quizás el fallo esté en que no le guarda a la heroína un pedazo de pizza para desayunar.

—Eso no puede ser —él sopesó la observación, pero sacudió la cabeza—. ¿Qué clase de marginada eres? ¿Pizza fría para desayunar?

—Da la casualidad que me gusta la pizza fría —ella tomó otro pedazo.

—Veo que al fin encontraste los jalapeños —Gage le secó las lágrimas que rodaban por sus mejillas.

—No sé cómo soportas el picante.

—Merece la pena —él sonrió. Había llegado el momento de aliviar cierta incomodidad—. Por si te preocupaba el tema, voy a dormir en el sofá del despacho.

—Siento oírlo —Brooke le acarició el brazo—. Mi intención era otra. Iba a dejar que me sedujeras.

—Lo sabía —Gage asintió—. No hay mejor afrodisíaco que la masa de pizza extragruesa, ¿verdad? —le tomó una mano y le besó los nudillos—. Estás agotada y a punto de despedirte de tu independencia durante una buena temporada.

—Y tú te mereces algo mejor que las sobras.

—Cielo, me arrastraría a cuatro patas por tus sobras. Pero para nuestra primera vez, tengo una fantasía.

—Suena bien —susurró ella casi sin aliento—. No sé si habré formado parte de la fantasía de alguien alguna vez.

—Quédate conmigo, nena.

—Haces que lo desee.

Capítulo 5

NO me puedo creer que hicieras algo así. ¿Y ahora qué?

Brooke acarició los hombros de su tía, la cual soplaba besos a Gage. Este, al otro lado de la ventana, sujetaba a Humphrey en brazos. Era miércoles por la noche y el veterinario había llevado al perro hasta los jardines del hospital para que la mujer pudiera verlo y saludarla antes de la operación. Marsha se había comportado como una niña, riendo, llorando y palmoteando al ver a su adorada mascota.

—Recuéstate y descansa —le aconsejó Brooke mientras le colocaba la cama en una posición más cómoda—. Tienes que estar descansada y relajada para que te puedan operar mañana.

—Me ha alegrado mucho ver a mi viejo amigo, mi chico.

Aunque hacía rato que Gage se había llevado a Humphrey a la camioneta, Marsha seguía mirando por la ventana, como si aún estuviera allí.

—No te olvides de decirle a Gage que es un ángel por traérmelo para que lo vea.

—Lo haré —teniendo en cuenta cómo el perro había aullado y meneado el rabo, el animal estaba igualmente encantado—. Fue idea suya. Me preocupaba que el personal no lo permitiera.

—No pueden decir nada. Humphrey se porta muy bien. De haber querido, habría ladrado más fuerte.

Brooke estaba segura de que, más que la buena educación del perro, había influido la manera experta del veterinario de acariciarle bajo el hocico y detrás de las orejas. Y no sería ella quien le contara a su tía que se había comido los cordones de los zapatos de Warren Atwood mientras los ancianos jugaban al dominó.

—¿Te asegurarás de que te avisen en cuanto salga del quirófano mañana?

La pregunta devolvió la atención de Brooke a su tía. No le gustaba la ansiedad que reflejaba la voz de la anciana.

—No hace falta —contestó mientras bajaba las persianas—. Ya te he dicho que no me moveré de aquí hasta que no termine la operación.

—Eso es mucho tiempo. ¿Y si hay jaleo en la tienda?

Poco importaba la edad que tuviera, para su tía seguía siendo una niña que necesitaba ser aconsejada por los mayores, aunque de manera mucho más suave de como lo hacía su padre.

—Iré a primera hora para consultar el contestador automático y los correos electrónicos —contestó Brooke con paciencia—. Naomi me cubrirá mientras esté aquí. Cuando estés en reanimación, volveré a la tienda hasta la hora del cierre. Después volveré al hospital para ver cómo estás y si ya te han subido a planta.

—Cuántos problemas te estoy causando.

—De eso nada —la joven tomó la mano de su

tía—. La gente no para de llamar ofreciendo su ayuda.
Te sonrojarías si supieras lo preocupado y amable que
está siendo todo el mundo.

Y era cierto. Todos los días aparecía alguien para
preguntar por la tía Marsha, para ofrecerse a hacerle
compañía a Brooke durante la operación, o a limpiar
la casa o cocinar cuando la anciana estuviera de regreso en su casa. El contestador automático se llenaba a
diario. Jamás había experimentado algo parecido en la
ciudad. A pesar de vivir rodeada de muchas más personas, tenían sus carreras, su familia y, a no ser que
vieran la casa en llamas, solían ignorarse.

—Tengo mucha suerte —Marsha apretó la mano
de su sobrina—. El pastor Wilson se marchó justo antes de que llegaras tú. Él también vendrá mañana.

—¿Lo ves? ¿Qué más podrías pedir? —Brooke se
inclinó y le dio a su tía un beso de buenas noches—.
Y ahora descansa e intenta dormir un poco. A lo mejor no pueden darte nada, por la anestesia de mañana.

—Pues entonces voy a pasarme toda la noche viendo la televisión. Si no te dan algo, es imposible dormir
en este lugar. No paran de entrar para ponerte el termómetro o sacarte sangre, o darte una pastilla —los
pensamientos de Marsha parecieron irse muy lejos—.
Has dicho que Gage y Humphrey te esperan fuera.
¡Pues márchate! Y come algo. Estás adelgazando y no
querrás quedarte tan consumida como yo.

—Estás preciosa, como siempre, tía Marsha, pero
no te encuentras lo bastante bien para comer.

—Pues no me importaría comerme una hambur-
guesa con queso. Dale un abrazo a mi chico.

—Lo haré, cariño. Te quiero.

Sentado en el asiento trasero, el perro meneó el

rabo y soltó un pequeño ladrido cuando Brooke entró en la camioneta. Ella le rascó la nuca y detrás de las orejas.

—Lo has hecho fenomenal, saco de pulgas. Oyendo a la tía Marsha, cualquiera pensaría que estás preparado para Hollywood —Brooke se volvió hacia Gage—. Y lo tuyo también estuvo bien.

—Ni siquiera se fijó en mí —aunque parecía encantado al oírlo, el veterinario bufó—. Ya me di cuenta de quién recibía toda su atención.

—Le dije que había sido idea tuya —ella le acarició un brazo—. Gracias.

—Ha sido un placer. ¿Qué tal está?

—Intenta fingir que todo va bien, pero está tan asustada que no para de saltar de un tema a otro. No paraba de repetirse una y otra vez dándome órdenes sobre Humph, la tienda o darte de comer. Ojalá todo esto termine pronto. Este comportamiento no es propio de ella.

—El estrés tiene ese efecto, sobre todo en las personas mayores —Gage le acarició los cabellos.

—Lo sé. Este lado de mi cerebro lo asimila sin problema —ella se señaló el lado izquierdo de la cabeza antes de hacer lo mismo con el derecho—, pero este me empuja a subirme al primer avión con destino a cualquier parte y fingir que nada de esto está sucediendo.

—Olvídate del avión —él la rodeó con los brazos—. Aquí tienes una isla para ti.

Humphrey ladró, convencido de que se trataba de un juego nuevo y Brooke rio, agradecida por ese momento de bromas que aligeraba la situación.

—Es una oferta muy tentadora. ¿Incluye servicio de bar?

—¿Recuerdas dónde dejamos la caja de las bebidas? —Gage entornó los ojos.

—En la despensa. Gracias por recordarme que tengo que colocarlas en otro sitio antes de que la tía Marsha vuelva a casa. No es que sea abstemia, pero no me gustaría avergonzarla delante de sus amigas.

—Recuerdo que había tequila —él asintió—. Puedo tenerte preparado un margarita antes de que te dé tiempo de quitarte los zapatos.

—Mejor lo guardamos para celebrar la recuperación de mi tía —contestó Brooke—. Mañana necesito tener la cabeza despejada. Sin embargo, no te diré que no a un Chivas.

Minutos más tarde, Gage paró la camioneta junto a la casa de Marsha. Bajó al perro del coche y el animal se bamboleó hacia la parte trasera. Caminando junto al veterinario, Brooke tenía la sensación de que eran una pareja regresando a casa, curioso teniendo en cuenta lo poco que hacía que conocía a ese hombre, y curioso también lo agradable que le resultaba esa sensación.

—Si mañana no tengo ninguna llamada a última hora, voy a cortar el césped de nuestros jardines.

Comparado con el de los vecinos, el césped de ambos estaba muy alto. Desde su regreso de Dallas, Gage no había parado ni un minuto.

—¿Estás seguro? —tenía pensado localizar al jardinero habitual de la tía Marsha.

—Olvídalo. Ese jardinero es una de las razones por las que empecé a arreglar el jardín de tu tía.

Entraron en la casa y cada uno se dirigió a un rincón para refrescarse y ponerse cómodos. Brooke se quitó los zapatos de tacón y el traje de lino verde y sonrió al recordar los comentarios de Gage. Nunca le había gustado la costumbre de Parker de tomar decisiones por ella. Además, Gage hablaba siempre refiriéndose a los dos, y aunque todavía no habían llegado a ser íntimos, se sentía como si ya lo hubieran hecho. Como si pudiera confiar plenamente en él.

Bueno, algo íntimos sí, pensó al recordar la escena de la noche anterior antes de que les hubiera interrumpido una llamada para Gage que le había obligado a acudir a una urgencia mientras ella se quedaba temblorosa y anhelante.

El recuerdo de esos minutos, de esos besos, hizo que le subiera la temperatura y regresó a la cocina donde Gage estaba preparando las bebidas, ocasión que aprovechó para consultar el contestador automático. Había dos llamadas sin mensaje y otras dos de feligreses de la parroquia que se interesaban por la tía Marsha.

—Ya les devolveré la llamada después de la operación —observó Brooke.

—Estoy de acuerdo —el deseo en la mirada de Gage era incuestionable.

Harto de esperar su comida, Humphrey se dejó caer sobre la barriga junto al cuenco.

—Sí, señor, ya voy —le tranquilizó ella.

¿En la cocina o en el porche? —preguntó Gage una vez finalizados los cócteles.

—Aquí estará perfecto —contestó Brooke—. Hace más fresco y Humph no se tragará la comida a toda prisa para reunirse con nosotros.

—Deberías escucharte —bromeó el veterinario—. Te estás convirtiendo en toda una amante de los animales preocupándote por su posible indigestión.

—Eres un buen maestro y por fuerza tenía que pegárseme algo de tu experiencia y buenos consejos —entrechocaron los vasos en un brindis—. Una vez más, gracias.

—No hay de qué —murmuró él, los ojos azules reflejando una infinita ternura—. Tienes un don para ello.

—Eres un mentirosillo encantador. La idea de ocuparme del cajón del gato a diario, o hacer algunas de
las cosas que aconsejas a tus clientes, es pura ciencia
ficción para mí.

—Pero estarías más que dispuesta a cambiar paña-
les, ¿verdad que sí?

—No es un tema que quiera tratar sentados a esta
mesa.

—La clave está en centrarte en la satisfacción que
obtienes al mejorar la vida de alguien, sobre todo si se
la salvas.

—Prefiero cantar tus alabanzas —tras beber un sorbo, Brooke suspiró—. Me alegra que la espera haya
concluido —de repente hizo una mueca—. Deberíamos haber parado para comprarte algo de comer.

—¿A mí nada más? ¿Y qué pasa contigo?

—Compartí un bocadillo con Kiki este mediodía y
te juro que aún no lo he digerido —ella se levantó de
la silla—. Voy a ver qué hay en la nevera. Olvidé que
Naomi me trajo lasaña ayer. La tía Marsha dice que es
la mejor…

Antes de que pudiera continuar hacia la nevera,
Gage la agarró por la cintura y la sentó sobre su regazo para tomar sus labios en un tierno beso. Al principio fríos por el hielo de la bebida, pronto se caldea-
ron.

—Hay hambre y *hambre* —le explicó él cuando al
fin recuperó el aliento—. Esto era algo que no podía
esperar. Me gustaría saborear tu cuello, y otros sitios
—añadió mientras fijaba la mirada en los pechos—.
Pero no tuve tiempo de afeitarme antes de ir al hospital.

—Te agradezco el detalle, teniendo en cuenta que
mañana pasaré un buen rato con el pastor de la iglesia
y a saber quién más —Brooke le acarició la barbilla

con el dorso de la mano antes de deslizar el dedo hasta su pecho—. Y eso me recuerda que hoy he pensado en ti —añadió.

—Soy todo oídos —Gage pareció encantado e intrigado a partes iguales.

—Un mensajero trajo un paquete y llevaba desabrochados los dos primeros botones de la camisa, igual que tú, sin duda debido al calor que hace. También parecía tener un bonito torso.

—Eso no me está pareciendo ni remotamente divertido.

—Ten paciencia —ella deslizó el índice por los atractivos labios—. Pensé que, por atractivo que me resultase, y a Kiki le impresionó mucho, no podía ni compararse contigo.

—Eso está mucho mejor —Gage mordisqueó el dedo antes de besarle la punta de la nariz—. Espero que no te imaginaras a ti misma besándolo...

—¡No!

—Sería como engañarme, ¿verdad? —él la abrazó con más fuerza hasta que sus alientos se mezclaron—, Así me siento yo. No quiero pasar ni un minuto con una mujer que no seas tú.

—Yo siento lo mismo —aunque los viejos hábitos eran difíciles de romper y Brooke sentía el impulso de recordarle que no buscaba complicarse la vida, comprendió que podía ser sincera.

—Un beso más y saldré ahí fuera a cortar el césped —murmuró Gage con voz ronca.

—Gage, ahí fuera hace muchísimo calor y en una hora será de noche.

—No me hará falta más.

Gage tomó lenta posesión de los labios de Brooke y ella sintió una descarga que le llegó hasta el estómago. El veterinario le tomó el rostro entre las manos y le enseñó lo que era la verdadera sensualidad, el verdadero deseo. Incapaz de mantener las manos quietas, ella se removió en su regazo, arrancándole un gemido. De repente, él se puso en pie, frotándose la nuca.

—Lo siento —susurró ella—. Me dejé llevar.

—Créeme, ha sido culpa mía —Gage respiró hondo y se terminó la copa de un trago antes de fijar la mirada en los labios de Brooke y dar un respingo—. Cariño… ¡maldita sea!

—Enseguida estará bien —consciente de lo que él había visto, puesto que los labios le escocían, Brooke tomó un cubito de hielo y se frotó los labios con él.

—Tendrás suerte si está mejor mañana por la mañana —profundamente disgustado consigo mismo, él continuó con ternura—: Te deseo, Brooke. Haces que se nuble mi sentido. Estás tomando posesión de cada rincón de mi cerebro.

—Creo que te has bebido esa copa demasiado rápido —le advirtió ella—. No creo que estés en condiciones de subirte a la segadora de césped.

—Saca a Humph una vez más antes de meterlo en casa y deja abierta la puerta trasera —ignorando el comentario, Gage se dirigió a la entrada—. Me ahorrarás tener que subirme y bajarme de la máquina para pasar de mi jardín al de tu tía.

—Señor, sí señor —contestó ella, divertida ante la repentina brusquedad—. ¿Algo más?

—Sí. Ponme un trozo de esa lasaña en una bolsa y déjala junto a tu coche. Me la llevaré al cerrar y la cenaré en mi casa.

—¿No puedes comértela aquí? —era evidente que el veterinario hablaba en serio.

—No, cielo, no puedo. Cuando termine, estaré sucio y sudoroso y tras ducharme estaré tan guapo e irresistible que… —la mirada azul se iluminó—, no podrás evitar lanzarte en mis brazos. Soy humano. Además, un trato es un trato, ¿recuerdas?

—Lo recuerdo —ese hombre era un cielo, y todo un caballero. Los labios de Brooke se curvaron en una sonrisa—. Ni te imaginas cómo me haces sentir.

—No eres lo bastante mayor para oír de mi boca cómo me haces sentir tú —murmuró él.

Cuando Gage entró por la puerta trasera de la propiedad de Marsha a las cinco de la mañana, todavía era de noche. Se acercó sigilosamente junto a las camelias y se topó de frente con Brooke, que suprimió un grito tapándose la boca con una mano.

—¿Qué haces aquí? —susurró.

—He venido a buscar a Humph. Quería ir a la clínica temprano. Supuse que habías pensado lo mismo, así podrás ir al hospital… y allí espero estar cuando Marsha sea llevada a reanimación.

No vio ningún motivo para añadir que había pasado la noche dando vueltas en la cama. Dudaba que ella hubiera podido conciliar el sueño, aunque seguramente por otro motivo, principalmente la preocupación por su tía. Sin embargo, estaba decidido a que la joven comenzara el día lo mejor posible y se había afeitado a conciencia, aplicándose una generosa cantidad de loción para después del afeitado. Al parecer funcionó porque de repente se vio atrapado en un dulce e intenso abrazo.

—Eres único —exclamó Brooke antes de besarlo apasionadamente.

—Llámame para darme noticias —Gage luchó contra el intenso deseo—, aunque sea para decirme que no hay noticias.

—No pienso molestarte todo el tiempo —en cuestión de segundos, Brooke fue de nuevo la imagen de la pulcra perfección.

—Si no estoy en la clínica, o estoy ocupado con un paciente, déjale el mensaje a Roy. Te aseguro que los chicos estarán pendientes del teléfono. Todo el mundo está pensando en Marsha y en ti.

—Qué bonito —ella apoyó una mano en su torso—. Dales las gracias de mi parte —agachándose, acarició al perro que asistía a la conversación meneando el rabo—. Pórtate bien hoy. Es muy importante.

Cuando Gage llegó a la clínica se encontró con Roy, que se le había adelantado. El hombre mayor se afanaba en fregar el suelo y, dado el ceño fruncido que lucía y que fregar los suelos no formaba parte de sus cometidos, el veterinario enseguida sospechó que algo iba mal.

—¿Qué sucede? ¿No vendrá Vince Jenson esta semana?

—Con todo lo que está pasando, no quería preocuparte, jefe —Roy se apoyó en la fregona. Tenía el aspecto de estar físicamente enfermo.

Una afirmación como esa no podía encerrar nada bueno y Gage llevó a Humphrey a la sala de exploraciones para alejarlo de los suelos mojados.

—Pues ya estoy preocupado. ¿Qué pasa con Vince?

—Se ha llevado los suministros —le informó al fin el otro hombre.

—¿En serio?

El veterinario echó un vistazo a las estanterías donde se apilaba la comida para perros y gatos, correas, collares y medicamentos de venta libre. No se veían huecos vacíos, pero Vince no sería tan estúpido como para eso. Seguramente se había llevado unas cuantas cosas cada vez. A no ser que... el estómago le dio un vuelco. ¿Y si había conseguido acceder a los medicamentos con receta? Eso obligaría no solo a llamar al sheriff, también a la agencia antidroga.

—¿Puedes demostrarlo?

—Con las cámaras que ese imbécil no sabe que tenemos.

—Pero tú siempre cerrabas el último.

Menuda estupidez decirle algo así a alguien estando a las afueras de la ciudad y cuando al sheriff le llevaría varios minutos llegar a la clínica si Roy no resultaba ser el hombre que su jefe creía que era. Confiaría a Roy su vida. En las escasas ocasiones en que se había equivocado con el dinero de la caja, había insistido en reintegrar la diferencia de su bolsillo. Se había alistado en la marina al terminar el instituto y se sentía muy acomplejado por su falta de formación, y siempre estaba dispuesto a responsabilizarse de sus errores.

Tal y como había esperado, Roy ni siquiera intentó excusarse. Explicó lo sucedido, pero dejando clara su intención de cargar con las culpas.

—Sí —admitió—. Pero fui tan estúpido como para quedarme a poner al día las fichas de los clientes y pedir suministros sin sospechar que él era el problema. Estaba convencido de que daría la voz de alarma si alguien intentaba entrar en la clínica.

—¿Cuánto se llevó antes de que te dieras cuenta?

—Unos dos mil, por lo menos.

—¿Algún medicamento restringido del que tengamos que informar?

—Afortunadamente no. Fue lo primero que comprobé, y de haber habido alguno te habría llamado en lugar de esperar a que vinieras. ¿Puedes creerte que se lo llevó todo del almacén? Por eso me llevó más tiempo pillarle. Seguramente ha estado llevando las cosas a alguno de esos mercadillos de fin de semana. Aunque lo venda por una fracción de lo que vale, ha ganado una pequeña fortuna. Y todo eso mientras nosotros le seguíamos pagando por limpiar el suelo —Roy inclinó la cabeza—. Lo siento, doctor. Te he defraudado.

—Mientras conserves la grabación como prueba…

—Desde luego que la conservo. Ojalá la hubiera mirado antes. ¿Quieres verla o prefieres llamar al sheriff directamente?

—Llama —Gage asintió—. Si no fuera más que uno o dos sacos de pienso, podríamos hablarlo, pero esto es mucho más serio. En primer lugar quiero que me cuentes cómo dedujiste lo que estaba pasando. ¿Le pillaste robando esta mañana o qué? —de ser así, Roy podría haber corrido peligro.

—No apareció a trabajar. Yo abrí el almacén y estaba moviendo las cosas para que él pudiera limpiar cuando me di cuenta de que algunas cosas habían sido cambiadas de sitio, en un evidente intento por tapar los huecos. Aparte de nosotros dos, Vince es el único que entra en el almacén. Le llamé al móvil, pero tiene el buzón lleno. A saber a quién más ha estafado.

A Gage le bastó con eso. Estaba al corriente de los tropiezos de Vince con la justicia en el pasado, pero había decidido darle una oportunidad.

—Ojalá me hubieras llamado inmediatamente. No sabes cómo va a reaccionar una persona que sabe que ha ido demasiado lejos —ante la expresión de disgusto de Roy, Gage se detuvo.

—Me merezco un buen puñetazo por pensar que había cambiado y se había reformado, como yo.

Roy no le había ocultado a su jefe que durante los años de servicio en el ejército había terminado más de una vez en comisaría. Como escarmiento le habían condenado a realizar los trabajos más pesados en el barco y pronto había cambiado de actitud.

—Menos mal que no tengo que preocuparme por ti. Olvídate de Vince —contestó el veterinario—. Recupera esa cinta, estoy seguro de que la policía también querrá verla.

—Sí, señor —Roy dudó—. Siento que haya sucedido precisamente ahora. ¿Cómo están Brooke y la señorita Marsha?

—Deseando que todo esto termine —a punto de marcharse, Gage se detuvo y se dio la vuelta—. Pensaba que teníamos una limpiadora de vapor.

—También se la ha llevado —Roy agachó la cabeza.

Gage suspiró, desde luego iba a ser un día muy largo.

Brooke comprobó el móvil por sexta vez desde su llegada a la tienda a pesar de que no eran más de las ocho menos cuarto. Por supuesto era una tontería, dado que la operación de su tía estaba programada para más tarde, pero después de todo lo que había sucedido no podía olvidar el viejo proverbio según el cual las desgracias nunca vienen solas.

Intentó concentrarse en lo que le estaba diciendo Kiki y asintió.

—Sí, te entiendo, los bolsitos y las muñequeras para viajeros y corredores. Si se te ocurre cómo encajarían con la decoración del escaparate, podría funcionar.

—Si me lo permites, traeré una lámpara monísima estilo Tiffany para iluminar la zona. Para mi gusto está demasiado oscuro.

—Es verdad —interrumpió Brooke—, pero ¿no te importa desprenderte de tu lámpara? En casa de la tía

Marsha hay una que podemos tomar prestada hasta que encontremos otra cosa que te guste más.

—Fue un capricho y nunca ha encajado del todo con la decoración de mi habitación, de modo que me encantará donarla. Sobre todo considerando todo lo que estás haciendo por mí —añadió Kiki.

—Eres maravillosa —Brooke le acarició un brazo—. De acuerdo. Si quieres ir a por ella, yo me quedaré aquí hasta que venga Naomi y pueda marcharme al hospital.

—Entendido. Vuelvo enseguida.

En cuanto Kiki se hubo marchado, apareció Naomi. Tras soltar el bolso, abrazó a Brooke con pasión maternal.

—¿Qué tal va todo, querida? ¿Pudiste descansar anoche?

—Lo suficiente —mintió Brooke—. ¿Son cómodos esos zapatos? Menos mal que la tía Marsha tiene un par de buenas sillas. No puedo asegurarte a qué hora regresaré.

—No me gustaría estar en ningún otro sitio ahora mismo —la mujer mayor agitó una mano en el aire antes de colocarse un delantal verde y blanco—. Aquí siento su presencia. Bueno, más bien solía sentirla —perpleja, echó una ojeada a su alrededor—. ¿Qué es todo esto? Has hecho unos cuantos cambios.

Brooke siguió la mirada de Naomi con cierta preocupación. Habían colocado el género por tipos de flor para que el cliente con prisas pudiera encontrar enseguida lo que necesitaba. Sin embargo, el espíritu de la vieja tienda permanecía inalterado. ¿O no?

—Aquí sigue la colección de ángeles que tanto le gusta a Marsha —señaló—. Están escalonados.

—Lo cierto es que así está mejor —asintió Naomi—. Parece un coro de iglesia.

Esa había sido precisamente la intención de Kiki.

—¿Y qué te parecen los escaparates?

—Llaman la atención y resultan muy… juveniles.

—El tema del picnic representa a una familia divirtiéndose en verano, con un pequeño toque romántico —Brooke se sintió algo desanimada ante la falta de entusiasmo de la mujer.

—Yo no diría que dos pingüinos bebiendo con pajita de la misma copa resulte romántico. De hecho, ni siquiera consigo adivinar cuál de los pingüinos es la chica.

—¿Y qué te parece el carromato lleno de peluches portando banderas como si fuera el Cuatro de Julio? —insistió ella, convencida de que Kiki había obrado un verdadero milagro con el escaparate, con la ayuda de uno de sus hermanos y dos amigos.

—El impacto sería mayor si llevaran uniforme militar o fueran vestidos de bomberos. Pero desde luego no está nada mal para empezar.

Entonces, ¿por qué tenía el ceño fruncido? De repente recordó que Naomi se había entregado a esa tienda casi tanto como su tía.

—Le trasladaré a Kiki tus observaciones.

—Desde luego esa chica tiene imaginación —la otra mujer contempló el maniquí que servía de soporte para las pulseras—, aunque yo jamás me pondría algo así.

—Naomi, la intención es atraer a una clientela más joven. Los jóvenes solo compran flores cuando regresan a casa o para los bailes de graduación.

—Eso es cierto —con un suspiro, Naomi se dirigió al fondo de la tienda para comprobar el fax—. Mírame, me comporto como si aún perteneciera a este lugar.

—Y así es —le aseguró Brooke—. Es más, acabo

de imprimir un pedido de la señora Wyman. Te lo he dejado allí. Emplea una especie de código para explicar lo que quiere. ¿Tú lo entiendes?

—Desde luego —la mujer mayor se acercó a la mesa y leyó la hoja—. Mona Wyman quiere que enviemos algo a la oficina. Es para volver loco de celos a su marido. Lo hace de vez en cuando.

—¿Por qué? —Brooke sacudió la cabeza.

—Drew, el señor Wyman, no le presta demasiada atención. Aparte de intentar mantener el romance vivo en su matrimonio, ella le provoca periódicamente.

—Pero si enviamos las flores a su despacho, ¿cómo se enterará él?

—Llevan la agencia inmobiliaria entre los dos.

—Eso lo explica —de las cuatro agencias inmobiliarias de Sweet Springs, era la más nueva—. ¿Y sabes qué es lo quiere?

—Algo un poco más provocativo que una simple docena de rosas. Además, incluimos una tarjeta con un revelador mensaje.

—¡Qué mala! ¿Y funciona?

—Sí. Drew Wyman siempre aparece por aquí para intentar averiguar quién se las ha enviado. Ha intentado sobornarnos a Marsha y a mí.

—¿Por qué se gastaría una mujer tanto dinero para conservar el interés de un hombre que no le corresponde? —preguntó Brooke perpleja.

—¿Abandonarías a un hijo que sufriera déficit de atención? Si Ben y Jerry son capaces de inventarse nuevos sabores de helados cada año, ¿quién somos nosotras para pensar que solo hay determinadas maneras de hacer funcionar una relación? No es mi forma de ser, o de amar, pero desde luego parecen divertirse mucho cada vez que hacen las paces —rio Naomi.

—¿Y qué sugieres que pongamos? —Brooke decidió que, si esa era la mejor manera de mantener una relación, prefería quedarse soltera para siempre.

—Esa planta hawaiana de tallo largo. Tengo que pensar en algo apropiado para la tarjeta. Si tenemos suerte, Mona saldrá disparada de la oficina y no volverá hasta mañana.

—Me parece que acabas de contarme todo esto para quitarme a la tía Marsha de la cabeza.

—No es que pretenda ser cotilla, aunque lo soy —Naomi sonrió—, pero ¿qué tal fue la mudanza este fin de semana? La última vez que ese joven se tomó tanto tiempo libre fue cuando tuvo que regresar en avión a Montana por la peritonitis de su padre.

—¡Cielo santo! —Brooke sabía lo peligroso que podía ser por un compañero de clase que también la había sufrido—. No tenía ni idea.

—No me sorprende —la otra mujer se afanó en elegir un jarrón—. Al final todo salió bien, aunque durante un tiempo no sabían si sobreviviría. El caso es que me alegro por la decisión que has tomado, y que tengas a alguien fuerte y bondadoso a tu lado.

—Lo has descrito muy bien —Brooke no pudo resistir la tentación de preguntar una cosa—. Y hablando de relaciones extrañas, ¿qué sabes de Liz Hooper?

—Todos conocen a Liz —Naomi bufó y eligió un elegante jarrón negro—. ¿Por qué preguntas?

—Uno de esos «todos», es Gage.

—La única manera de que alguien como Gage tuviera algo que ver con una mujer como esa sería si ella lo secuestrara, drogara y lo atara a la cama. Pero tú no te preocupes por eso. Si Gage se tomó tiempo libre para ayudarte, quiere decir que no es Liz en quien está interesado.

—Bueno, tampoco es que estemos saliendo ni nada de eso —aunque aliviada, Brooke se echó atrás—. No tenemos tiempo, ninguno de los dos, aunque es un buen hombre y un buen vecino.

—Liz tiene mucho en común con un papel matamoscas —Naomi consultó su reloj—. Pero bueno, chiquilla, ¿no deberías estar en el hospital?

—Estaba esperando a que Kiki volviera —contestó ella, aunque era evidente que se moría de ganas por marcharse—. Charles aún no ha llegado y Kiki aún tardará un rato.

—¿Y qué? Marsha necesitará tu apoyo y cariño antes de que la lleven a quirófano. ¡Márchate de una vez!

Capítulo 6

MINUTOS más tarde, Brooke llegó al hospital y descubrió que su tía acababa de ser llevada a quirófano. Había habido un cambio en la agenda y la habían bajado antes. Preocupada por si se había producido un empeoramiento en el estado de la anciana, acorraló a la enfermera jefe.

—Deja al cirujano hacer su trabajo, querida.

Con la cabeza dándole vueltas, Brooke se retiró a la sala de espera. No sabía si la espera iba a ser larga o corta y se dispuso a consultar los mensajes del móvil. El primero era de Gage y fue al primero al que llamó.

—No te lo vas a creer, pero la han llevado a quirófano antes de la hora prevista —le informó—. De momento no sé nada más.

—¡Vaya! —exclamó él—. ¿Te preocupa que haya sufrido otra recaída?

—¿Qué otro motivo podría haber? A no ser que algún otro paciente haya fallecido.

—Pero si fuera así, no iban a contártelo.

—El sentido común me dice que no la operarían si estuviera demasiado débil para aguantarlo —Brooke razonó en voz alta.

—Sigue pensando así —tras una breve pausa, Gage continuó—: Me temo que por aquí las cosas tampoco van demasiado bien. Ha sucedido algo, pero no quiero preocuparte.

—¿Qué ha pasado?

—El tipo que se encargaba de la limpieza… nos ha estado robando. Roy me lo confirmó esta mañana. Llevo todo el día con la policía y el sheriff.

—¿Y tú estás bien? —preguntó Brooke perpleja—. ¿Lo han arrestado ya?

—Todavía no, pero van tras él.

—Suenas tremendamente tranquilo para lo que ha sucedido.

—Porque estoy hablando contigo —la voz de Gage se volvió suave como una caricia—. Lo único que lamento es que llegaré más tarde de lo previsto al hospital.

—Tranquilo, estoy bien. Es más importante que te ocupes de todo en la clínica. Supongo que no me estarás ocultando nada, ¿verdad? ¿Estás en peligro?

—No, te lo prometo.

—Muy bien. Pues no hagas nada que pueda ponerte en peligro o causarte daño.

—¿Bromeas? —él soltó una carcajada—. En cuanto los chicos llegaron esta mañana y descubrieron lo sucedido, regresaron a sus casas en busca de las escopetas.

—Espero que les hayas convencido de guardarlas de nuevo bajo llave —aquello seguía siendo Texas.

—Todo está bajo control, te lo aseguro. Te veré en cuanto pueda.

Lo cual nunca sería lo bastante pronto, pensó Brooke tras colgar. Se moría por estar en sus brazos, sentir el masculino corazón latir contra el suyo.

Poco después empezaron a aparecer las visitas, el pastor de la tía Marsha, una pareja de amigos de la escuela dominical y la pareja de ancianos que vivía al otro lado de la calle. Naomi llamó por teléfono, al igual que Charles, que se ofreció a ir con Chloe, una vez terminadas las entregas.

Brooke le aseguró que lo mejor que podía hacer era marcharse a su casa y descansar. Hacia el mediodía, Naomi volvió a llamar.

—¿Nadie ha salido a darte explicaciones? —se extrañó la mujer.

—No. Pregunté hace unos tres minutos, pero insisten en que, si hay algo que contar, me lo contarán. No me gusta esto, Naomi. Estoy muy preocupada.

—Yo también. La operación es muy delicada, pero, si hubiera sucedido algo terrible, ya te lo habrían dicho. En los quirófanos hay mucho ajetreo y no pueden permitir que un cadáver retrase las operaciones programadas.

—Pues sí que me estás tranquilizando…

—Cuando tengas mi edad, tú también serás más pragmática. Ya lo verás. Tengo que irme, llaman al teléfono y Kiki está subida a una escalera. Tienes que decirle a esa chica que se vista con pantalones si va a dedicarse a hacer esas cosas. Te queremos.

Brooke seguía aturdida por las palabras de Naomi cuando un hombre alto vestido de cirujano se acercó a ella. Tenía el cabello entrecano y una mirada penetrante. A pesar de su amabilidad y delicado aspecto, se comportaba como todo un profesional.

—Soy el doctor Zane. Está estable y en reanimación —empezó antes de bajar la voz—. Pero ha habido un momento muy delicado. Se lo diré claramente, hemos llegado a perderla.

—¿La tía Marsha? —fue lo único que surgió de boca de Brooke ante la noticia.

—Hace meses que debería haberse operado —continuó el doctor Zane—. Incluso mejor si lo hubiera hecho el año pasado. Casi se le había agotado la pila. ¿Nunca se ha quejado de fatiga, mareos o falta de aire?

—El trabajo me ha impedido venir a verla tanto como me hubiera gustado —admitió Brooke—, pero tras el cierre de la otra floristería de la ciudad, sí parecía estar agobiada por el trabajo que tenía.

—Bueno, pues eso se ha terminado para ella. Tendrá que tomárselo con calma. No podrá estar horas de pie. Es más, tendrá que buscar a alguien que lleve el negocio, o venderlo.

A pesar de que la noticia no le había pillado por sorpresa, la joven tuvo la sensación de haberse estrellado contra un muro. Su cuerpo temblaba de pies a cabeza y se alegró de estar sentada.

—¿Cuándo podré verla? —preguntó tras respirar hondo.

La tía Marsha había muerto durante unos minutos y necesitaba comprobar por sí misma que estaba bien.

—Hoy no. Vamos a mantenerla sedada en la UCI. Mañana por la mañana debería estar más estable y entonces podrá verla durante unos minutos. Por favor, disuada a los allegados que quieran venir. Preferiría que el resto esperara hasta la semana que viene.

—Pero va a salir adelante, ¿verdad? —Brooke se aferró a lo único positivo.

—No se puede descartar una complicación, pero yo creo que se pondrá bien y podrá llevar una vida casi normal. En gran medida depende de ella —añadió el médico—. Habrá que estar atentos a una posible depresión, aunque es menos frecuente en mujeres que en hombres. Técnicamente, sus constantes son todo lo estables que deberían ser.

—¿Técnicamente? No es ningún robot, doctor.

—No, no lo es. Y procure recordárselo. Recuérdele que tiene nietos a los que…

—No, no los tiene.

—¿Sobrinos nietos? —preguntó el cirujano tras una pausa.

—Soy soltera y todavía no tengo hijos.

—Pues entonces Marsha debe valorar aún más tenerla a su lado.

Brooke solo podía esperar que así fuera, pero el anuncio del doctor le había hecho cuestionarse muchas cosas. ¿Hasta qué punto había hecho todo lo posible? ¿Qué era lo mejor para su tía?

Agotado, el cirujano se puso en pie y ella le agradeció su labor. Sin embargo, en cuanto el hombre hubo abandonado la sala de espera, se dejó caer en la silla. Afortunadamente estaba sola, pues en esos momentos necesitaba tranquilidad y tiempo para asimilar las noticias.

«La tía Marsha había muerto sobre la mesa de operaciones».

Brooke intentó entenderlo. Su tía había abandonado el mundo y ella no se había enterado. No había habido ninguna señal, como en las películas. ¿Había experimentado Marsha alguna experiencia extracorpórea? ¿Recordaría lo sucedido? ¿Estaría tan mal que hubiera preferido quedarse al otro lado?

«Hace meses que debería haberse operado».

Una repentino ruido la sacó de sus profundos pensamientos.

—¿Brooke?

Ante el sonido de la maravillosa voz, ella levantó la vista hacia Gage, cuyas largas zancadas redujeron rápidamente la distancia entre la entrada y la recepción. Para cuando consiguió ponerse en pie, ya se encontraba envuelta en su abrazo.

—¡Oh, Gage! —susurró abrazándolo con fuerza.

—Cariño, ¿qué ha pasado? ¿Hay malas noticias? Pareces…

—Está bien —Brooke hundió el rostro en su hombro—. Está en reanimación, pero durante unos minutos la perdieron.

—Debería haber estado aquí contigo —él la abrazó con más fuerza.

—No podrías haberlo sabido.

—¿Seguro que han dicho que está bien?

—Eso acaba de explicarme el doctor Zane. Está en la UCI y no me dejarán verla hasta mañana.

—Entonces, ¿por qué sigues aquí?

—Supongo que en el fondo esperaba que alguna enfermera se apiadara de mí.

—Saben lo que hacen, Brooke. Deben mantener la zona estéril. Además, considerando su edad y estado de fragilidad…

—Ese es otro tema. El doctor dijo que había esperado mucho para operarse. Ese ha sido en parte el problema. Gage, ha sido culpa mía.

—¿Y eso por qué?

—¿Quién más podría venir y ocuparse de sus cosas? Lo estuvo retrasando todo este tiempo para no tener que pedirme el favor. Y yo no paraba de contarle lo ocupada que estaba en mi trabajo. Ni siquiera percibí en su voz la preocupación por un estado que podría haberle costado la vida.

—No te hagas eso —Gage le tomó el rostro entre las manos—. Viniste cuando te necesitó. Céntrate en la buena noticia. El médico ha dicho que se va a poner bien.

—No exactamente. Va a tener que cambiar su estilo de vida, y eso significa que no podrá volver a trabajar en la tienda.

—¿Cuánto tiempo llevas ahí sentada dándole vueltas al tema? —él le acarició la espalda.

—No lo sé.

—Vamos, ya es hora de que te vayas a casa.

—No puedo. Debería pasarme por la tienda y… —consultó el reloj— tengo que cerrar. Eso también me evitará tener que devolver unas cuantas llamadas y podré convencer a Naomi y a Kiki para que no vengan al hospital.

—De acuerdo —tras dudar unos segundos, Gage al fin asintió—, pero cerrar la tienda quiere decir exactamente eso. Todo lo demás puede esperar. Te seguiré en mi coche para asegurarme de que no te desvías del plan.

Y eso fue lo que hizo, incluso entró en la tienda tras ella y esperó mientras Brooke contestaba las preguntas de Naomi, Kiki y Charles, que acababa de regresar del reparto. Él fue el primero en preguntar sobre el futuro.

—¿Qué vas a hacer? Tienes muchas decisiones que tomar. Cualquier cosa que decidas me parecerá bien. Me gusta este trabajo que me permite salir de casa un poco, pero tú tienes la última palabra. Marsha es como de la familia para mí y su negocio es su negocio.

—Te lo agradezco, y os estimo mucho —le aseguró ella, incluyendo a las dos mujeres en su gratitud—. Sinceramente no sé lo que va a pasar. La tía Marsha es quien tendrá que tomar una decisión. Pero una cosa es cierta: Newman's lleva demasiado tiempo formando parte de esta ciudad como para que eche el cierre.

Aunque era un poco más pronto de lo habitual, en

cuanto todos se hubieron marchado, Brooke cerró la tienda y, seguida por Gage, se dirigió hacia su casa. Como de costumbre, el veterinario demostró ser una roca. Aunque era capaz de arreglárselas sola si no le quedaba más remedio, de eso se había encargado su padre, era muy agradable no tener que hacerlo. Era una delicia tener a alguien que comprendiera lo largo que había sido el día y lo desalentadoras que habían sido algunas de las noticias. Tan solo esperaba poder devolverle algún día una parte de su apoyo.

—No te he preguntado cómo te ha ido en la clínica —se disculpó mientras Gage cerraba la verja.

—Tenías algo mucho más grave de lo que preocuparte. Creo que tenía preferencia.

—¿Me lo cuentas, por favor?

—Han arrestado a Vince, pero no vamos a recuperar casi nada de lo robado porque ya ha vendido la mayor parte. Además, aunque esté entre rejas, vamos a tener que cambiar las cerraduras ya que no estamos seguros de que no tuviera un cómplice.

—Qué horrible. ¿Y cómo se lo ha tomado Roy?

—Está muy disgustado por haber respaldado a Vince cuando vino buscando empleo —Gage le tomó las llaves de la mano para abrir la puerta—. Pero le he asegurado que yo hubiera hecho lo mismo. Sin embargo, a partir de ahora vamos a tener que andar con más cuidado, incluso mostrar escepticismo hacia los demás hasta que nos demuestren que son de fiar.

—No cambies nunca —mientras él cerraba la puerta, Brooke lo abrazó por detrás y apoyó el rostro en la fornida espalda—. Eres un ejemplo a seguir.

Gage se volvió para abrazarla, pero un bamboleante Humphrey corrió hacia ellos, exigiendo su ración de atenciones.

—Hola, Humph, me alegra verte —lo saludó Brooke—. La tía Marsha se va a poner bien y pronto podrás verla, ¿qué te parece? —se agachó para acariciar al perro que le lamió la mano—. ¿Has visto eso? Creo que empiezo a gustarle.

—Menuda sorpresa.

—Chico, bueno, ¿dónde está tu cuenco? ¿Es la hora de cenar?

—Yo me ocuparé de darle de comer —intervino Gage—. Ese vestido es demasiado bonito para que lo ensucies.

—No pasa nada —le aseguró ella—. ¿Por qué no te relajas un poco? Creo que ha llegado la hora de devolverte una parte del tiempo y cuidados que nos has estado dedicando.

—Otra vez será. No quiero que arruines mi pequeña sorpresa.

—¿Qué sorpresa? —ella miró a su alrededor. No había visto nada fuera de lugar.

—Cuando dejé a Humph, metí unas cuantas cosillas en la nevera.

—¿Después del día tan horrible que has tenido? —Brooke lo miró perpleja y, conmovida, y se puso de puntillas para besarle la punta de la nariz antes de correr hacia la cocina—. Gracias. Enseguida te cedo la cocina, pero antes voy a darle de comer a Humph.

Por supuesto, lo primero que hizo fue quitarse los zapatos, y para cuando hubo alimentado al perro y se hubo lavado las manos por segunda vez, Gage ya tenía la mesa puesta con unos bonitos platos de cristal, tenedores y copas de champán. Mientras escuchaba los mensajes del contestador, él sacó un cuenco de gambas.

—¿Y a esto lo llamas una pequeña sorpresa? —preguntó ella con ojos desorbitados.

—Se me olvidó preguntarte si te gustaban las gambas.

—Me encantan.

—Estupendo. Yo podría comerme mi peso en gambas.

—¡Oh! —Brooke se dio cuenta de que los mensajes eran de desconocidos y se apresuró a anotar sus nombres en un papel.

—El director del coro de la iglesia y la esposa del gerente de la tienda de ultramarinos —le informó él.

—Deberías haber sido tú su pariente —impresionada, Brooke sacudió la cabeza.

—Son pacientes míos —explicó Gage—. Wayne viene cada dos por tres en busca de champú de avena o cortisona para su retriever con dermatitis alérgica, y Vicky cría cabras pigmeas. Cada vez que me llama en medio de la noche, sé que alguna de sus cabras tiene problemas para parir.

—Apuesto a que también te sabes el nombre de sus mascotas.

—El retriever se llama Sadie, pero Vicky ha tenido tantas cabras que, de ser renos, podrían haber tirado de cuatro o cinco trineos para Papá Noel.

Sin parar de reír, Brooke devolvió su atención al contestador automático. Las otras tres llamadas eran de personas conocidas y se apresuró a comunicarles las alentadoras noticias.

Para cuando hubo terminado con la última llamada, Gage había sacado al perro al jardín y había vuelto con una rosa recién cortada que colocó en un bonito jarrón.

—Me apetece quedarme aquí sentada e impregnarme de todo —anunció ella—. No quiero que te sientas incómodo; he estado en muchos hoteles de cinco estrellas y establecimientos de lujo, pero nunca nadie había intentado hacerme sentir así de especial.

—Pues yo quiero que sepas que es el mejor cumplido que me han hecho jamás —Gage sonrió encantado mientras servía el champán antes de brindar con ella—. Por un buen final.

—Brindo por eso —murmuró Brooke—. Que Dios bendiga a la tía Marsha… y a ti también. Jamás habría podido hacerlo sin tu ayuda. Ahora el reto va a ser comunicarle que no podrá conservar la tienda porque el cirujano opina que es demasiado para ella.

—Ya lo pensarás mañana —sugirió él—. Eso hacía Escarlata O'Hara, ¿no?

—No es una de mis heroína de ficción preferidas —ella hizo un gesto de desagrado.

—Pero salvó la plantación —contraatacó Gage mientras le servía unas gambas.

—Puede. Eso sí, el final de la historia queda bastante abierto.

—Al menos concédele a tu tía la oportunidad para darse cuenta ella misma.

—¡Pero si solo tiene setenta años!

—Unos setenta años muy frágiles. No se supone que todos tengan que trabajar hasta los setenta y ochenta, ni vivir cien años.

—Tienes razón —Brooke se sintió algo más relajada ante el tono tranquilo de Gage—, pero yo creía que la cirugía iba a ser lo peor, y me equivoqué. Lo peor empieza ahora. Ella pensaba que iba a poder retomar su vida donde la había dejado, y lo cierto es que nada volverá a ser igual.

—Pero podría ser mejor. ¿No crees que apreciará poder disponer de más tiempo libre para hacer todas esas cosas que ha ido aplazando?

—¿Te ha hablado de ello?

—No con esas palabras, pero sí he visto su gesto de desilusión cuando no podía participar en alguna actividad del centro de mayores o de la iglesia.

—¿Cómo te convertiste en alguien tan sabio? —preguntó Brooke con sincera admiración—. ¿Es por haber sido criado en el campo?

Ella había vivido bajo la influencia de un padre con dos carreras y una creciente fortuna, y cada uno de sus consejos le provocaba el mismo efecto que el ácido sobre una herida.

—No lo sé —admitió él—. Puede que sí. Lo que sí sé —continuó alzando de nuevo la copa— es que nos estamos poniendo demasiado serios cuando deberíamos relajarnos y divertirnos un poco.

—¡Y comer! —exclamó ella—. No me había dado cuenta del hambre que tengo.

—Lo sabía —asintió Gage—. No has comido nada hoy, ¿verdad?

—Hubiera sido una tontería siquiera intentarlo. Las preocupaciones me había quitado el apetito, pero voy a vengarme, te lo aseguro —hundió una gamba en la salsa y la mordisqueó—. ¿Qué va a pasar con ese Vince? ¿Vas a tener que declarar contra él en un juicio?

—La señorita Ideas Fijas.

—Por favor, quiero saber cómo estás.

—De acuerdo. Puede que sí —contestó él al fin—. Pero considerando todas las evidencias que tenemos contra él, incluso las grabaciones, seguramente su abogado le convencerá para que acepte un trato, lo cual nos ahorrará tiempo y gastos.

—¿No temes represalias por su parte o de alguien más?

—Créeme, si pensara por un segundo que podría meterte a ti, o a la tía Marsha, en un lío, no estaría aquí.

—Yo no pensaba en eso —Brooke frunció el ceño—. Mi preocupación era por ti.

—Lo sé, y quiero que sepas que es recíproca.

Brooke suspiró mientras disfrutaba del momento de complicidad, y, antes de darse cuenta, la copa y el plato de gambas estaban vacíos.

Gage se levantó para llenar las copas y ella hizo lo propio con su plato antes de servirse unas cuantas gambas más. Demasiado cansada para resistirse, apoyó los pies descalzos en la silla que tenía enfrente, gesto que no pasó desapercibido para el veterinario.

—Me gusta esa carita de satisfacción —murmuró él—. Jamás habría pensado que fueras lo bastante alta como para que los pies te llegaran a la silla.

—Qué gracioso.

—De acuerdo, pero después de guardar la botella en la nevera, podrás apoyarlos en mi regazo. Descubrirás que es mucho más cómodo que esa silla tan dura.

—No puedo, tengo cosquillas —Brooke sacudió la cabeza y rio—. No lo haré. No me lo pidas.

—Brooke Bellamy —observó él con expresión divertida—, ¿te estás achispando un poco? Solo has tomado una copa de champán, pero debe de haberte llegado a la sangre antes que las gambas.

—Es una sensación muy agradable —con una sonrisa somnolienta, ella se quitó la chaqueta y soltó los cabellos antes de volver a reclinarse en la silla y suspirar—. Ya está. Así no me parezco a Brooke Candance Bellamy, antiguo genio de las matemáticas como creo que me llamaste.

—Esa chica es bastante especial para mí, pero no, cielo, no te pareces a ella.

—Quieres besarme —insinuó ella ante la penetrante mirada azul.

—Es una muy buena idea.

—Besas mejor que nadie que conozca.

—¿Mejor que nadie? —Gage apoyó un codo en la mesa—. Soy todo oídos. Tómate otro sorbo, aunque quizás sea mejor que no. Cuéntame sobre esa investigación tuya.

—No seas tan literal. Yo solo estaba siendo…

—Adorable.

Un segundo después, Gage estaba de pie y Brooke comprendió que Humphrey arañaba la puerta. Posó los pies en el frío suelo y decidió que quizás debería pasar de esa segunda copa de champán. Quería estar completamente despejada cuando Gage la besara.

—¿Qué te pasa? —preguntó él angustiado al verla de pie—. ¿Necesitas tumbarte? Si quieres, yo recojo todo esto y cierro la puerta.

—Lo último que quiero es que te marches —Brooke le rodeó la cintura con los brazos—. Gage, quédate, por favor.

Capítulo 7

SEGURO de que se estaba imaginando lo que oía, Gage titubeó mientras escudriñaba el bonito rostro de Brooke en busca de algo oculto tras la tentadora invitación. No daría el siguiente paso para que ella despertara a la mañana siguiente lamentando lo sucedido.

—Cielo, ¿estás segura? No soy ningún poeta. Ni siquiera escucho la radio para aprenderme las canciones románticas del momento. Pero he vivido las suficientes noches solitarias para decir basta. No me quedaré a no ser que siga aquí para el desayuno. ¿Es eso lo que tienes en mente?

—Aunque no hubiera bebido ni una gota, Gage —los ojos de Brooke chispeaban—, sabes que jamás te obligaría a probar mi desayuno.

—Yo lo prepararé —en lugar de reírse, tal y como se merecía la observación de Brooke, a Gage se le secó la boca mientras acariciaba los delicados pómulos.

—Entonces quédate —susurró ella—. No hay nada que desee más.

—Ojalá pudiera detener el tiempo y retener este momento —Gage necesitó unos segundos para asimilar las palabras de Brooke, unas palabras que había soñado oír en sus fantasías.

—¿En serio? —bromeó ella—. ¿Te refieres a este momento en concreto?

—No seas mala. Estoy haciendo todo lo posible por no cargarte sobre los hombros como un saco y llevarte arriba.

—Sigues tratándome como si fuera de cristal, y te aseguro que no lo soy.

—Para mí sí, y te lo voy a demostrar —Gage la tomó en brazos mientras se volvía hacia Humphrey—. Hora de irse a la cama, Humph. Buen chico.

Mientras subían las escaleras, ella le rodeó el cuello con los brazos y apoyó la mejilla contra la suya. La suave presión de los pechos contra su torso hizo que al veterinario se le acelerara el corazón, pero no tenía nada que ver con el esfuerzo de subir las escaleras. En sus brazos llevaba a la mujer que más había deseado en su vida, la que pensaba estaba destinada a pasar con él el resto de sus días. La sensación era de una felicidad embriagadora y de una profunda paz.

«Intenta no fastidiarla».

—¿Sigues despierta? —le susurró al oído al alcanzar el piso superior.

—Sí —contestó ella en otro susurro—. ¿Te sorprende?

—Estoy a punto de arrodillarme por primera vez desde los once años. ¿A qué dormitorio nos dirigimos?

—Al primero de la derecha —le informó Brooke.

Gage obedeció y la tumbó sobre la enorme cama

cubierta con una colcha color ciruela y lavanda. Las persianas estaban casi cerradas del todo y la habitación quedaba iluminada por una romántica luz ambarina.

—He conseguido entrar en el santuario —murmuró él—. Creo que estoy sufriendo mal de altura.

—Bésame —ella rio—. Eso hará que te sientas mejor.

Le ofreció los labios entreabiertos y él no perdió ni un segundo en buscar una conexión más íntima, ni dudó a la hora de acariciarle el cuerpo desde el hombro hasta la cadera para terminar en el pecho.

—Eres perfecta, y tu piel tan suave como esa tela del vestido, sea lo que sea.

—Seda. Adoro tus manos, son casi el doble de grandes que las mías, pero hermosas. Incluso con las callosidades que demuestran lo duro que has trabajado.

—¿Te resultan demasiado ásperas? —Gage le bajó la cremallera del vestido y deslizó las manos bajo la tela.

—Es demasiado pronto para decirlo.

A él le encantaba esa mezcla de dulzura y descaro, y continuó desnudándola hasta arrojar el vestido a los pies de la cama. Al comprobar que la ropa interior estaba hecha de la misma tela, se reafirmó en su opinión de que esa mujer valoraba la calidad por encima de la cantidad. El sujetador color melocotón no ocultaba la excitante visión de los erectos pezones.

—Qué exquisito —murmuró casi con adoración.

Tras saciar la primera oleada de deseo, Gage contempló con calma lo que tenía ante sí y concluyó que había sido mejor no saber lo que le esperaba. Por mucha imaginación que tuviera, la realidad era muchísimo mejor.

—Delicioso —susurró con la respiración entrecortada.

La exploración continuó hasta que ella estuvo completamente desnuda y tuvo que ceder a los intentos de Brooke por desnudarlo a él también.

—¿Sabes cómo me siento al saber que tú también me deseas?

—Entonces ayúdame.

Gage la soltó el tiempo necesario para quitarse los calzoncillos y luego se tumbó de espaldas atrayendo a Brooke sobre él.

Con los rubios cabellos sobre el desnudo torso, sintió que el corazón amenazaba con atravesarle el pecho. Renunciando a las palabras, buscó un beso que pudiera demostrar lo que le estaba haciendo sentir.

Besar a Brooke era una lección de sensualidad. Gage se descubrió buscando expresiones nuevas, pequeños sonidos que ella emitía en los diversos estados del placer. Y se deleitó en el erótico baile de labios y lenguas. Tomando un breve respiro para recuperar el aliento, abrió los ojos y al descubrirla mirándolo estuvo a punto de alcanzar el clímax.

La necesidad de hundirse en su interior se hizo casi insoportable y buscó los vaqueros de cuyo bolsillo sacó un pequeño paquetito envuelto en celofán.

—Espero que no esté demasiado viejo —murmuró mientras se colocaba sobre ella.

No le apetecía interponerlo entre ellos, pero la seguridad y el sentido común nunca estaban de más en el sexo. La mirada y las caricias de Brooke revelaban tranquilidad y confianza. No solo estaban disfrutando del sexo, estaban haciendo el amor.

—Brooke —exclamó con voz ronca mientras la besaba apasionadamente. Estaba decidido a demostrarle que nunca había deseado tanto a una mujer. Estaba decidido a adorarla, a procurarle tanto placer como pudiera ella desear, o soportar, antes de buscar el suyo propio.

Sintiendo que sus fuerzas flaqueaban, reanudó la exploración del femenino cuerpo, un cuerpo cuya temperatura aumentaba por momentos. Tenía un cuerpo precioso, a pesar de que ella lo negara, y estaba firmemente decidido a no ocasionarle la menor incomodidad o dolor. No era como los playboy de Hollywood, pero tenía bastantes nociones de anatomía y cuando empezó a besar los suaves pétalos entre las piernas de Brooke fue recompensado por la cálida humedad que encontró.

Con su cuerpo y respiración jadeante, ella le indicó que todo estaba bien, tan bien que enseguida gritó su nombre mientras hundía los dedos en sus cabellos y se tensaba hasta derrumbarse temblorosa.

Gage se inclinó lentamente sobre ella, y esta lo miró con sus grandes ojos.

—Cuéntame.

—Nunca me había sentido tan deseada, tan mimada.

¿Tan amada? Porque esa había sido su intención. Quería que el momento no terminara nunca, pero debía llegar a su fin. Y después quería dormirse abrazado a ella. Sospechaba que jamás volvería a encontrar un momento de paz sin esa mujer en sus brazos al terminar el día.

—Lo mejor está aún por llegar —le prometió mientras reanudaba los besos.

Los erectos pezones, afilados como agujas, llamaban continuamente su atención.

—Vas a acabar dolorida, pero no puedo dejar de tocarte y saborearte —musitó con voz ronca mientras buscaba el ritmo adecuado que les llevara a ambos al éxtasis al mismo tiempo.

Con la perfección y elegancia de una bailarina, Brooke le rodeó la cintura con las piernas y Gage deslizó las manos bajo sus caderas para hundirse profundamente en su interior.

—¡Oh, Gage! —gimió ella—. Eres tan perfecto. Me encanta esto.

—¿Y esto? —preguntó él con una nueva y lenta embestida.

La respuesta fue un nuevo gemido. El cuerpo de Brooke se despegó del colchón, inmerso en una nueva oleada de sensaciones.

—¿Y esto? —antes de que pudiera contestar, él tomó posesión de su boca para absorber el grito de éxtasis y verterse él mismo dentro de ella.

A Brooke le apetecía permanecer en ese delicioso estado neblinoso para siempre. Las sensaciones le recordaron la primera vez que había saltado en la cama elástica de una amiga, a los cinco o seis años, segura de que podría tocar la luna que se veía en el cielo. Esa había sido la última vez que había sentido tanta afinidad entre su cuerpo y su mente, hasta ese momento.

La experiencia de la cama elástica había terminado mal puesto que se había caído rompiéndose la clavícula. Después de aquello no le habían vuelto a dejar jugar en casa de su amiga, la primera de las muchas amistades a las que había tenido que renunciar. Sin embargo, esa noche marcaba el inicio de su regreso a la vida. Así lo decidió. Así tenía que ser.

Había perdido la virginidad en su primer año de universidad en una experiencia bastante poco memorable, y desde entonces había tenido unas cuantas relaciones placenteras, pero ninguna que hubiera ido más allá del mero contento. Al final había decidido que su hemisferio izquierdo era demasiado dominante, como el de su padre, para sentir lo que llamaban pasión. Sin embargo, la vida le había demostrado que sí era capaz de sentir la más profunda tristeza. Durante años había sufrido por la ausencia de su madre. ¿Por qué no era capaz de sentir algo remotamente parecido por un hombre? Al fin lo había comprendido: aún no conocía a Gage.

Frotó una mejilla contra él y se preguntó si ese hombre llevaría una maquinilla de afeitar en la camioneta. ¿Cómo podía explicarse si no que estuviera tan bien afeitado a esas horas? Acarició su espalda y sonrió al recordar su empeño en agradarla.

—Estás pidiendo problemas a gritos, lo sabes, ¿verdad? —murmuró Gage.

—Eso espero.

Gage le besó el cuello antes de incorporarse para mirarla a la cara. La habitación estaba a oscuras y las luces de la calle solo permitían adivinar una expresión de incredulidad y preocupación.

—¿Estás segura? —preguntó él—. ¿Tan bien ha estado?

Consciente del efecto que produciría, Brooke arqueó la espalda para pegarse a las caderas de Gage. La respuesta fue un gruñido ahogado y, un segundo después, él se tumbó sobre ella sujetándole las manos por encima de la cabeza.

—Bruja. ¿Estás preparada para jugar?

—Bueno, quizás no —jadeó ella bajo el peso del cuerpo de Gage.

El veterinario se tumbó a un lado, pero mantuvo una pierna entre las de ella para impedirle todo movimiento.

—Eres demasiado tentadora. Y me encanta ese aspecto desaliñado —añadió con una sonrisa.

—Si se me ha corrido la sombra, me voy al baño ahora mismo —gruñó ella.

—Me encantaría poder verlo… si encontrara la maldita luz.

—Déjala apagada y deja de intentar avergonzarme —Brooke le soltó un cachete.

—Yo solo…

Al fin encontró la pequeña lámpara y encendió la luz, de un sutil color berenjena, suficiente para dejarlo sin respiración.

—Eres tan hermosa que me emociono.

—Gracias —susurró ella mientras le acariciaba el torso—. Y gracias también por tus habilidades. Me has hecho comprender que, hasta ahora, he sido estafada, con mi consentimiento.

—Cariño —Gage le besó la muñeca—. Me estás partiendo el corazón, y empiezan a entrarme ganas de asesinar a alguien —los ojos azules reflejaban una lucha entre el deseo y la preocupación—. ¿Seguro que estás bien? No me he podido controlar todo lo que me hubiera gustado.

—Estoy perfecta.

—Y que lo digas —él le dedicó una sensual sonrisa.

—Y tengo sed —Brooke le acarició de nuevo—. No me dejaste terminarme el champán.

—Pues no debería haberte hecho eso.

—Sexy y un perfecto caballero.

Ella deslizó un dedo por su pezón, arrancándole una mirada de sospecha.

—Lo que tú quieres es que salga de la cama para que puedas contemplar mi impresionante trasero.

—Siento una gran curiosidad por ver si está marcado por mis uñas.

—He visto gatitos recién nacidos con garras más afiladas —Gage fingió examinar sus cortas uñas.

—De acuerdo, ya iré yo a por mi copa de champán —Brooke intentó sentarse en la cama, pero él la tumbó de espaldas.

—La imagen de ti bajando así me perseguiría toda la vida —murmuró Gage—. Sobre todo porque no cerré las cortinas. Además, Humph seguramente necesitará salir —sentándose buscó los vaqueros—. Relájate. Enseguida vuelvo.

Brooke sonrió y escuchó sus pasos por las escaleras y el ladrido de bienvenida del perro. Segundos más tarde, la puerta trasera se abrió.

Estirándose perezosamente, revivió lo que acababa de suceder y se estremeció al recordar el clímax de Gage. Cerró los ojos y se permitió imaginar cómo sería quedarse embarazada. ¿Sentiría el instante en que el esperma alcanzara su óvulo? Menuda locura, dado que tras la ruptura con Parker había llegado a convencerse de que no iba a ser madre, que no deseaba tener hijos. Claro que era mucho más fácil pensar así cuando nadie te amaba, cuando no estabas enamorada.

¿Quería Gage hijos?

«¡Deja de pensar en eso! No fue más que sexo, idiota».

Pero aunque lo fuera, había sido el mejor de su vida. Y la noche no había hecho más que empezar, y no tenía intención de desperdiciar ni un segundo.

Saltó de la cama y corrió al cuarto de baño.

No fue consciente de haberse quedado dormida, pero de repente sintió una deliciosa humedad en el pezón izquierdo. Sonrió, segura de que se trataba de la lengua de Gage tras haber tomado un sorbo de algo frío, pero al abrir los ojos vio que era una gota de champán que se deslizaba de su dedo.

—¡Qué frío está!

—Frío no, irresistible.

Gage se inclinó para lamer la gota con una lengua ardiente contra la sensible piel, mucho más sensible tras haber hecho el amor.

—Qué bien hueles —Brooke se estiró y respiró hondo—. ¿Qué te has puesto?

—Siéntate y toma un poco de esto.

—¿He dormido mucho? —completamente despejada, ella aceptó una copa de champán mientras consultaba el reloj. No habían sido más de veinte minutos. Dado el olor a canela que lo impregnaba todo, hubiera jurado que ya era por la mañana.

—Lo bastante para que Humph se diera un último paseo por el jardín y para que yo me tomara media docena de gambas.

—Pues a mí no me huele a gambas —confusa, Brooke tomó un sorbo de champán—. Lo que me huele es a… ¿desayuno?

—Porque te he subido esto —Gage le acercó un trozo de pan de canela que ocultaba a la espalda—. Pensé que absorbería el alcohol más deprisa que las gambas.

—Que Dios te bendiga —ella mordió con deleite la rebanada que le ofrecía antes de volver a abrir la boca como un pajarillo—. Más.

—Creo que al fin he descubierto cómo conseguir que comas —él rio.

—Un picnic en la cama —saciada, ella suspiró—. Qué divertido.

—Me parece que a ti te han mimado poco —observó Gage—. Bebe. Tenías sed, ¿recuerdas?

—¿Has cerrado la puerta con llave? —de repente, Brooke asoció la desnudez de Gage con una posible intención de quedarse a dormir y el corazón le dio un delicioso vuelco.

—Sí.

—Gracias —murmuró ella—. Eh... la camioneta sigue aparcada a la entrada de mi casa. Va a haber habladurías mañana.

—Pensaba que eso ya lo teníamos superado —Gage asintió lentamente.

—No. Acordamos que estarías aquí a la hora del desayuno. Supongo... me imaginé que antes aparcarías frente a tu casa.

—¿Te sentirías mejor si lo hiciera?

—Da igual, mientras nadie le diga algo desagradable a la tía Marsha —ella se inclinó para besarlo—. No quiero que se altere mientras se está recuperando.

—¿Crees que podrás mantener el secreto mucho tiempo?

Brooke sabía a qué se refería Gage, y que tenía derecho a una respuesta. Ambos eran conscientes de los intentos de su tía de unirles y debería ser la última persona en sorprenderse ante el éxito. Sin embargo, la tía Marsha pertenecía a otra generación y no le gustaría escuchar habladurías sobre un romance desarrollándose en su propia casa.

—No —admitió al fin—. En realidad ni siquiera he pensado en ello. Lo único que sé es que esta noche necesitaba pasarla contigo.

—¿Y ahora?

—Ahora te deseo aún más.

—Normalmente es el chico el que suele mostrarse tan franco —Gage le acarició el pecho y sonrió.

—Estoy siendo sincera. Pensé que te gustaría.

—Y me gusta —él tomó otro sorbo de champán antes de dejar la copa junto a la de ella—. Me ayuda a calibrar cómo puedo terminar de destruir tus defensas.

Cada átomo del cuerpo de Brooke vibraba de anticipación. Aun así, el pan de canela seguía embriagando sus sentidos.

—¿Incluye tu estrategia un poco de tiempo libre para que me termine eso?

—No —Gage la atrajo hacia su ya excitado cuerpo—. Eres demasiado irresistible.

—De acuerdo —suspiró ella, rodeándole el cuello con los brazos—. Lo dejaré para el postre.

—Cariño, tú eres el postre.

Capítulo 8

¿QUÉ te parece?

El lunes por la mañana, poco más de una semana después de la operación, Marsha fue trasladada a la residencia para asistidos de Sweet Springs. Relativamente nuevo, el edificio albergaba a personas de salud aceptable, pero que no podían vivir solas en sus casas, y también a otras personas que necesitaban rehabilitación o cuidados las veinticuatro horas del día. A Brooke el edificio, de una planta y con forma de estrella de seis puntas, le pareció limpio y brillante. Y el personal que había conocido también le había parecido cariñoso y amable.

—Esto es muy bonito, pero ¿nos lo podemos permitir? —susurró la anciana.

—Por el momento lo cubre todo tu seguro médico. Si quisieras instalarte definitivamente en la residencia, podríamos vender tu casa, la tienda o ambas cosas. O traspasar el negocio.

Tal y como era de esperar, Marsha se sobresaltó,

pero dado que había sido la anciana la que había sacado el tema, su sobrina había decidido aprovechar la oportunidad.

—¡Es tu herencia! —su tía parecía obsesionada con ese tema—. No me sorprende tu postura ante la tienda, pero la casa forma parte de tu legado.

Igual que la otra casa en la que se había criado, pensó Brooke con cierto cinismo. Sin embargo, su padre no había tenido ningún reparo en venderla antes de que se trasladaran a Houston.

—Ahí está la cuna que yo utilicé, y tu madre después que yo, y luego tú —continuó Marsha—. Esperaba que algún día durmieran en ella tus hijos. También están las colchas que hizo nuestra madre. Siempre pensé que criarías aquí a tu familia y esperaba que los trajeras a verme, suponiendo que siguiera viva para entonces.

—Y yo esperaba que pudiésemos vivir juntas mientras te recuperabas —observó Brooke con dulzura—. Pero ya oíste al médico. Tienes para cuatro o seis meses, con frecuentes visitas médicas, mientras el corazón se normaliza. Además necesitas rehabilitación para la cadera y el tema de la osteoporosis. El cardiólogo te dijo que no podrás volver a levantar nada más pesado que tu monedero, y olvídate de las escaleras para siempre. Regresar a casa no es una opción.

—Bueno —los ojos de la anciana se llenaron de lágrimas—, si vendemos la casa, ¿dónde vas a vivir antes de que regreses a Dallas? ¿Qué pasará con todas las cosas que hay en la casa? ¿Y qué será del pobre Humphrey?

—Dallas queda lejos, casi descartado —era cuestión de tiempo que el perro apareciera en la ecuación—, y Humphrey está feliz. Pronto lo traeré para que lo veas, te lo prometo. Si te portas bien y obedeces a los médicos y enfermeras, podrías volver a casa los domingos.

—¿Qué te pasa? ¿Dallas casi descartado? Siempre lo tienes todo bajo control antes de tomar una decisión. No te gusta dejar cabos sueltos.

—Es que ahora no se trata de mí —Brooke sabía que debía tener más cuidado—. Se trata de ti y de lo que tú necesitas. Al poco de romperte la cadera me dijiste que no te atraía la perspectiva de regresar a esa enorme casa y tener que ocuparte de su limpieza y cuidados.

—A saber lo que dije entonces. Me tenían drogada con tantas medicinas. A lo mejor habría conseguido apañarme.

—No, no lo habrías hecho. Y no deberías pasar los años dorados de tu vida limpiando. Naomi me dijo ayer que habíais hablado de viajar.

—Pues voy a llamar a Naomi y decirle que es una bocazas —murmuró su tía—. Sabe muy bien que tengo responsabilidades en la tienda aunque vaya a tener que venderla, lo cual no he dicho que vaya a hacer.

Consciente de que la conversación estaba a punto de bloquearse por culpa de la tozudez de su tía, Brooke intentó volver a centrar el tema.

—¿Qué te parecería si yo te comprara el negocio?

—Brooke, ahora sí que me estás confundiendo —Marsha la miró boquiabierta—. ¿Por qué ibas a comprar algo que quiero darte?

—Porque, en primer lugar, no necesito esa clase de generosidad y tu salud no te permitirá regalármelo sin más —observó ella con dulzura—. Necesitas el dinero de la venta. Es más, podría utilizar la compra para compensar una parte de mis ganancias.

—¿Me estás diciendo que, si te vendo la tienda, te estaría ayudando? —preguntó la anciana.

—Eso es —contestó Brooke con la esperanza de que ayudara a su tía a decidirse.

—Naomi me contó que se han producido unos considerables cambios —Marsha reflexionó sobre el tema—. Por lo visto has hecho algo más que renovar los escaparates.

—Naomi puede considerarse despedida —contestó Brooke frunciendo los labios.

—No puedes despedirla. Está jubilada.

—Ya sabes a qué me refiero —exasperada, aunque sabedora de la devoción que la otra mujer sentía por su tía, Brooke le explicó—: Sí, nos hemos divertido con Kiki y tenemos la intención de atraer a un nuevo público. Adolescentes, jóvenes profesionales.

—Jamás te di permiso para que hicieras algo así.

—Puede que no, pero si tu salud empeora y tuvieras que vender el negocio a un extraño, esos detalles podrían añadirle valor comercial.

—Entiendo. Siempre tuviste buena cabeza para los negocios, Brooke. Pero ¿qué dice tu padre? Si te quedas mucho tiempo más, vendrá a matarme por haberte arruinado la vida.

—Mis decisiones las tomo yo —aunque su tía tenía razón, Brooke se mantuvo firme.

Lo cierto era que Marsha conocía muy bien a su padre. Si el hombre supiera lo que estaba pensando su hija, le reventaría una arteria.

—Por suerte está fuera del país ahora mismo.

Y con suerte lo estaría el tiempo suficiente como para que a su regreso fuera demasiado tarde para poder intervenir.

—¿Dónde está Gage? —algo más aliviada, a Marsha no se le habían acabado las preguntas—. Me sentiría mejor si estuviera aquí para dar su opinión.

Algo en el modo en que la anciana insistía en la

inexistente relación le indicó a Brooke que Naomi había estado hablándole de algo más que de los cambios en la tienda. Desde el día de la operación, Gage y ella habían pasado juntos todas las noches y había llegado el momento de afrontar ese tema, aunque lo haría a su manera.

—Gage me apoya en todas mis decisiones.

—O sea que, si decidieras regresar a Dallas ¿te haría una gran fiesta de despedida?

—Tía Marsha… si no hablas tú con Naomi para que deje de chismorrear, lo haré yo. Sí, salimos juntos, pero no pienso decir nada más. Es asunto nuestro.

—No fue Naomi la que me lo contó —intervino la anciana—. Fue Liz Hooper.

—¿Disculpa?

—Vino a ver a… no sé a quién. Da igual, el caso es que se enteró de que yo estaba aquí y se acercó a saludar. Esa mujer nunca ha dicho nada agradable de nadie —Marsha miró a su sobrina con arrobo—. ¿Por qué no me has contado que Gage pasa las noches en mi casa contigo? Me alegro muchísimo. Tienes un aspecto mucho menos estresado y triste últimamente.

—¿No estás enfadada conmigo? —Brooke no daba crédito a sus oídos.

—Ya no eres una niña, querida y estamos en el siglo XXI. Además, Gage es un hombre maravilloso. No podrías hacerme más feliz.

—En serio, tía Marsha —Brooke temía que su tía estuviera precipitándose en sus conclusiones—, es demasiado pronto para pensar lo que estás pensando. Ahora mismo tú eres mi prioridad.

—Y no creas que no te lo agradezco —Marsha suspiró, visiblemente menos irritada que al entrar en la residencia—. Lo cierto es que no te merezco.

—Sí lo haces, y estoy encantada de estar aquí. Tras

la muerte de mamá, la vida habría sido mucho más difícil sin tu ayuda.

—Eres un cielo, Brooke —su tía le dio una palmadita en la mano—. Si fueras mi hija, no estaría más orgullosa de ti. En cuanto al negocio y todo lo demás, haz lo que creas mejor. Aceptaré lo que decidas. Pero ten cuidado con Liz Hooper. Creo que es la única persona de la ciudad que no se alegra por tu regreso.

De camino a la tienda pocos minutos después, Brooke se sentía pletórica. Además estaba encantada con cómo su tía se había tomado lo de Gage. Todo parecía ir por el buen camino.

En su mente bullía otra idea más, aunque le había parecido demasiado pronto compartirla con la tía Marsha. Ni siquiera se lo mencionó a Kiki, a pesar de que la encontró sola al llegar a la tienda. Sin embargo, sí le mencionó su idea de comprarle el negocio a su tía.

—Tengo muchos planes, pero lo primero es pensar en contratar a alguien para que se encargue de los arreglos florales —anunció—. ¿Conoces a alguien cualificado que pudiera estar interesado?

—Es curioso que lo menciones —contestó Kiki tras recibir la noticia de su jefa con entusiasmo—. Vino una joven hace unos días, creo que mientras estaban operando a Marsha, y preguntó sobre un puesto idéntico al que acabas de describir. Si no recuerdo mal, su marido es radiólogo en el hospital. Parecía un encanto y anoté su nombre y número de teléfono. Creo que lo dejé por aquí… —revolvió entre varios papeles con creciente angustia—. Espero no haberlo tirado.

—Bueno, al menos sabes dónde trabaja su marido —contestó Brooke—. A lo mejor podemos darle a él un mensaje. ¿Te dio la impresión de ser alguien formal y conocedor del negocio?

—Más que eso —llevaba consigo un pequeño álbum de fotos con cosas muy bonitas —Kiki miró a Brooke con expresión perpleja—. Yo creía que Naomi ya estaba a tiempo completo, casi.

—No, Naomi está jubilada, definitivamente —con efecto inmediato, pensó ella para sus adentros. Necesitaba empleados en cuya lealtad pudiera confiar—. Mi tía y ella quieren viajar. Solo estaba haciéndole un favor.

—Pues razón de más para encontrar ese dichoso papel. ¡Aquí está! —Kiki mostró una hojita de papel de color amarillo—. Hoshi Burns. Recordaba que tenía un nombre raro. ¿Conoces a alguien que se llame así por aquí?

—No. Me pregunto qué significará.

—Estrella —le informó la joven—. Se lo pregunté. Tendrá mi edad. ¿Supondrá eso un problema?

—No si tiene la mitad de talento que tú —le aseguró Brooke.

—Pues será mejor que llames —resplandeciente, Kiki le pasó el teléfono—. A lo mejor ya ha encontrado otro trabajo.

Resultó que Hoshi había sido rechazada en todas las tiendas a las que había acudido, de modo que se mostró más que feliz al recibir la llamada de Brooke. Acordaron verse en una hora. Mientras esperaba, Brooke empezó a preparar dos arreglos florales que tenía pendientes, con la idea de pedirle a Hoshi que los terminara ella. Si le gustaba el resultado, le ofrecería el trabajo.

En menos de quince minutos apareció una mujer de pequeña estatura, vestida con ropa ajustada y con aspecto a la vez emocionado y nervioso.

—Señora Bellamy, soy Hoshi Burns. Gracias por llamarme.

A Brooke le gustó de inmediato. Tenían casi la misma estatura y la joven exudaba una dignidad que, esperaba, fuera producto de su confianza en sus habilidades profesionales.

—Por favor, llámame Brooke. Y no estoy casada —acompañó a la chica a la mesa y le mostró los dos arreglos—. Veo que has traído la carpeta con fotos de tu trabajo. Las echaré un vistazo mientras te doy la oportunidad de que me muestres de qué eres capaz. Estos dos pedidos llegaron hace unos minutos y han sido elegidos del catálogo de la asociación de floristas. ¿Crees que podrías copiarlos?

—Desde luego, gracias —la chica echó un vistazo al catálogo—. Trabajé en Seattle antes de venir aquí, y conozco este catálogo. Podré hacerlo.

—Si me permites la pregunta, ¿por qué te trasladaste a este lado del país? —preguntó Brooke mientras disfrutaba del buen quehacer de la joven.

—Mi esposo, Sam, no era feliz allí. La ciudad es muy gris. Esto nos gusta mucho y queremos ahorrar para comprarnos una casa con jardín, y para formar una familia.

—¿En ese orden? —bromeó Brooke.

—Quizás no —Hoshi sonrió con dulzura—. Pero le aseguro, señorita Brooke, que no afectaría a mi trabajo.

—Eso no me preocupa —contestó ella, sintiéndose cada vez más en sintonía con la joven.

Hoshi trabajó con destreza y rapidez, consiguiendo una copia exacta de ambos arreglos del catálogo en un tiempo muy inferior al que le habría llevado a Brooke.

—Bueno, creo que puedo afirmar lo orgullosas que nos sentiríamos si te unieras a nosotras —anunció Brooke, que pasó a explicarle las condiciones salariales—. ¿Qué horario te interesa?

—Me conformaré con las horas que me ofrezcas. Cuando recibí tu llamada estaba a punto de aceptar un trabajo como limpiadora en un motel.

Brooke se estremeció al pensar en esas hábiles y delicadas manos agredidas por los productos de limpieza.

—Creo que no te hará falta. Si estás libre, puedes quedarte y terminar la jornada de hoy, o puedes quedarte un rato con Kiki para que te enseñe la tienda y te explique cuál es nuestra oferta. Ella se encarga de la atención al público, pero opino que los empleados deberían conocer el funcionamiento de todos los aspectos del negocio para poder implicarse plenamente en el proyecto. Pero, si ya tenías otros planes, podrías empezar mañana a las ocho.

Durante la conversación, Kiki había anotado otros dos pedidos más y Brooke se descubrió conteniendo la respiración en espera de una respuesta.

—Me encantaría empezar ahora mismo —la joven aplaudió entusiasmada antes de hacer una profunda reverencia—. *Arigato*. Me siento profundamente agradecida.

—Créeme si te digo —su jefa sonrió— que, por lo que a mí respecta, eres un regalo caído del cielo.

—Te aseguro que me quedé estupefacta ante sus habilidades —Brooke relató los acontecimientos a Gage aquella misma noche—. Y además tiene muy buen ojo. Vamos a dar un salto cualitativo. Un talento como el suyo solo se ve en las grandes ciudades. Por suerte, Hoshi y su marido buscan otro ambiente para vivir.

—Impresionante —observó Gage—. No te había visto tan ilusionada desde que Kiki vendió su perfume en un abrir y cerrar de ojos.

—Es que esa chica es igual que Kiki. Con decirte que está pensando en montar un pequeño negocio de bonsáis. Le invité a que trajera un par de ejemplares a la tienda para exponerlos junto a las fuentes. Siempre hay algún cliente que prefiere las plantas a las flores.

—Empiezas a disfrutar aquí —el veterinario se apoyó contra la puerta y sonrió.

—Es verdad —Brooke lo meditó un segundo antes de sonreír con timidez—. Esto es lo mío: administrar, supervisar, dirigir, hacer un seguimiento de los beneficios económicos…

—Pues hay que celebrarlo —contestó él. Tras atender algunos casos más después de cerrar la clínica, se había duchado y corrido hasta la casa de la joven—. ¿Te apetece una copa de vino?

—Me parece estupendo —ella apagó la luz de la sala que utilizaba como despacho y siguió al veterinario hasta la cocina. Humphrey ya estaba tumbado en su cama junto a la escalera—. Ha sucedido otra cosa hoy —continuó—. La tía Marsha sabe lo nuestro, que duermes aquí.

—Ya sabíamos que el secreto no se mantendría durante mucho tiempo.

—Esa no es la cuestión. La cuestión es quién se lo contó.

—¿La dulce y vieja dinosaurio al otro lado de la calle? —al ver que Brooke sacudía la cabeza, Gage entornó los ojos—. ¿Naomi?

—Naomi le proporcionó algunos valiosos detalles, pero no. Fue Liz.

—Eso no es bueno —el veterinario adoptó una expresión de contrariedad y preocupación—. Ya sé que

Liz busca mis atenciones desde hace tiempo, pero pensé que ya había comprendido la indirecta que le lancé la última vez.

—Eso no quiere decir que no vaya a intentar vengarse de mí por interferir en sus planes —Brooke tomó un sorbo de vino y continuó con expresión traviesa—. Más vale que merezcas todo este lío.

—Hablaré con ella —Gage, sin embargo, permaneció serio.

—Ni se te ocurra —contestó ella—. Esperemos que decida pasar página.

—¿Cómo se tomó Marsha la noticia? —preguntó él.

—Muy bien para alguien de su generación. Por otro lado, y a pesar de las insinuaciones de Liz, hemos sido muy discretos.

—Pues se acabó lo de corretear desnudos por el jardín y desnudarnos en el porche delantero.

No, pensó Brooke, en el porche delantero no, pero los besos sí habían ocasionado algo de ruido. Su cuerpo reaccionó a los recuerdos y decidió cambiar de tema.

—¿Qué tal te fue esta tarde? ¿No fueron más que vacunas para ganado? —ante el gesto de Gage suspiró aliviada—. Eres el hombre más trabajador que conozco.

—Creo que hay unas cuantas personas que me ganan, pero no disfrutan tanto como yo. Salvo que me alejen de ti demasiado tiempo. Menos mal que no te acuestas en cuanto anochece.

—Pues espero que no insinúes que me siente contigo en el porche trasero —le advirtió Brooke—. A estas horas me niego a ofrecer mi cuerpo a los mosquitos.

—De acuerdo. De todos modos no es allí donde

me apetece ver tu cuerpo —Gage salvó la distancia que los separaba y se inclinó para besarla—. Esto me gusta —murmuró mientras deslizaba los dedos por el camisón de raso negro que dejaba un hombro al descubierto.

—Sabía que escondías algo bajo esa máscara de osito de peluche —susurró ella—. Ha llegado la hora de que confieses.

—Siéntate en mi regazo y lo haré. Mejor aún, vamos arriba.

—Empiezo a pensar que no tienes una cama propia —Brooke rio complacida.

—Por supuesto que la tengo.

—Pues nunca la he visto. En realidad, aún no me has invitado a tu casa. Por lo que yo sé podría estar llena de toda clase de artilugios de perversión.

—Solo tienes que preocuparte por mí cuando hay luna llena —bromeó él—. Si no te he invitado a mi casa, es porque quería que fueras tú quien estableciera el ritmo —añadió con gesto más serio—. Pensé que podrías asustarte si te invitaba demasiado pronto.

Ante la irresistible mezcla de incertidumbre infantil y deseo adulto, Brooke cerró los ojos para disfrutar del momento.

—Esto no se me da bien —era evidente que Gage había interpretado mal su gesto—. Estoy dando demasiadas cosas por hecho. Debería cortejarte e invitarte a cenar fuera. Llevarte a mis lugares preferidos y que tú me llevaras a los tuyos. Pero mi trabajo no me permite alejarme mucho de la ciudad por si surge alguna urgencia.

—Sé que tu profesión te exige mucho, Gage. Eres una persona muy noble y no me importa compartirte por una buena causa.

—Me alegro —el veterinario parecía sinceramente

aliviado—. Me alegro mucho. Y creo que te gustará saber que estoy pensando contratar a un veterinario.

—¿De verdad quieres hacerlo? —la noticia era sorprendente y buena, siempre y cuando significara que les permitiría pasar más tiempo juntos—. La ayuda te vendrá muy bien, pero no sé si no lo estarás haciendo sobre todo por mí…

—Para serte sincero, lo hago por las dos cosas —Gage dejó la copa y le rodeó la cintura—. Esta relación no irá a ninguna parte si solo le dedicamos unas horas de vez en cuando.

—Pues yo no me quejo, porque la mayor parte de esas horas las pasamos en la cama.

—Te necesito —y para demostrarlo, la besó como si hubiera pasado una semana, y no doce horas, desde la última vez.

En cuestión de segundos, Brooke se encontró perdida en la sensual danza que habían creado. Gage la empujó contra el mostrador de la cocina y la atrajo hacia sí y meciéndola contra él, siguiendo el erótico ritmo de sus besos.

—La ciudad y la región están creciendo —continuó tras interrumpir el beso—, y solo hay una clínica en la zona que ofrece servicio las veinticuatro horas del día, los siete días de la semana. Tienen muchos empleados, pero a pesar de ello están muy agobiados. Yo solo puedo ofrecer ese servicio a mis clientes de toda la vida. Me gustaría ampliar la plantilla.

—Me parece justo. De lo contrario me sentiría culpable.

—¿Lo dices porque sigues pensando en marcharte algún día?

Era el momento hacia el que se habían dirigido desde que ella le había pedido que se quedara a pasar la noche. Todavía no se sentía preparada del todo para abordar el tema, pero era consciente de que le debía una explicación.

—Gage —empezó lentamente, eligiendo las palabras con cuidado—, aunque tuviera la intención de reanudar mi anterior vida, aún faltarían meses para que pudiera hacerlo, debido al estado de salud de mi tía y todo lo demás. Por lo menos lo que queda de año. Pero… he estado hablando con ella sobre otras opciones, y me he sorprendido a mí misma con algunas ideas que he tenido.

—Soy todo oídos —le aseguró Gage.

—Bueno, no es más que un esbozo de idea. Eres el primero al que se lo cuento.

—Me siento honrado.

Las caricias le dificultaban enormemente concentrarse, y Brooke sabía que esa era precisamente la intención de Gage. Sin embargo, se soltó del abrazo, recuperó su copa de vino y empezó a pasear por la cocina para ordenar sus pensamientos.

—¿Sabías que la tía Marsha es dueña de casi media manzana en la ciudad, donde se encuentra la tienda? ¿Y sabías que, salvo en dos de los edificios, hay toda una planta que apenas se utiliza en todos los demás?

—Algo había oído, aunque mis horarios me impiden asistir a los consejos municipales —Gage inclinó la cabeza—. ¿En qué estás pensando? ¿Arreglarlo todo y venderlo? Obtendrías unas buenas ganancias.

—En realidad lo que pensaba era comprar todos esos edificios, hacer las obras necesarias y luego alquilar los locales. Los cimientos parecen sólidos, aunque no estoy tan segura sobre la instalación eléctrica y de fontanería. Si encontrara más gente con talento, como Kiki y Hoshi, podríamos ampliar la floristería hasta convertirla en un gran almacén. Y me encantaría ver algún restaurante nuevo en esa calle, algo que no compita con lo que ya hay.

—Ojalá pudieras verte —él sonrió—. Te estás transformando ante mis ojos en una especie de hada madrina, en un pequeño magnate.

—No lo creo —animada por sus palabras, Brooke continuó—: Pero me gusta la idea de ayudar a la comunidad para que se desarrolle en su pleno potencial. Lo más difícil será convencer a la tía Marsha para que me venda esas propiedades. Ella opina que todo debería formar parte de mi legado, pero no puede permitirse tanta generosidad. Imagina su reacción cuando le dije que necesitábamos vender esta casa para que pudiera pagarse la residencia y viajar un poco.

—Espera un momento —Gage necesitó unos segundos para asimilar la información—. ¿Has puesto en venta tu casa y ahora piensas hacer lo mismo con esta?

—No veo otra solución. La mayor parte de sus bienes son inmuebles.

—¿Y dónde tenías pensado vivir si ambas casas son vendidas?

—Aún no lo había pensado —admitió ella.

—Pues yo sí —la reprendió él—. Te vendrás a vivir conmigo.

Brooke se detuvo en medio de un abrazo. De repente sintió mucho frío en su interior. Gage no había hecho más que mostrarse tan generoso como siempre, pero, por un instante, el rugido había sido el de su padre.

—No debería haberte hablado así —se disculpó Gage—. Prácticamente te lo he ordenado. No me digas que no. Te has puesto pálida.

—Un poco —ella asintió—. No es culpa tuya. Escucha, es demasiado pronto para preocuparnos por eso. Puede que la tía Marsha se niegue a vender, o que no le guste el destino que quiero darle a sus propiedades. A fin de cuentas, su mayor preocupación ahora es el futuro de Humphrey, aunque yo le insisto a diario que cada vez nos llevamos mejor.

—Quiero enseñarte algo —Gage le tomó una mano—. Vamos, Humph —le dijo al perro.

—¡Gage! —Brooke se resistió—. Son casi las diez de la noche, y no estoy vestida.

—Es de noche y vamos aquí al lado. Toma esa linterna para ver por dónde pisas.

—Estaba bromeando cuando dije que no tenías cama —ella casi tuvo que correr para mantener el paso del veterinario.

—Lo sé. Pero no se trata solo de eso y tú lo sabes.

La casa de Gage era de estilo colonial, compuesta por una unidad central cuadrada y varios añadidos más pequeños. De dos plantas y pintada de azul, la parte trasera poseía las mismas columnas cuadradas que sujetaban el porche delantero. Era mucha casa para un hombre soltero, a no ser que se hubiera adquirido con idea de invertir. Pero Gage no era de esa clase.

Unas preciosas hortensias rodeaban el patio trasero y ocultaban una barbacoa de acero junto a una mesa de terraza y más mobiliario de jardín.

—El Cuatro de Julio voy a dar una fiesta de agradecimiento para mis clientes.

—Qué considerado… y generoso.

Humphrey corrió hacia la puerta trasera como si se dirigiera a su propia casa y ambos lo siguieron. Allí había un par de mecedoras, parecidas a las que adornaban el porche delantero.

—¿Sabe la tía Marsha dónde escondes la llave de repuesto? —bromeó ella en un intento de borrar el ceño fruncido del atractivo rostro.

—No tengo llave de repuesto, pero me encantaría darte una copia si me lo permites.

Sin esperar respuesta, Gage abrió la puerta y encendió la luz, cediéndole el paso.

—¡Vaya! —exclamó ella al entrar en la amplia cocina de altos techos, encimera de granito y electrodomésticos de acero. Los muebles eran blancos y el alicatado de color plata y cristal dorado—. No me imaginaba un estilo tan moderno, pero resulta luminoso y acogedor.

—Pensé que ibas a meterte conmigo por tener el televisor en la cocina —él pareció aliviado.

—Quizás lo haga si me encuentro otro en el cuarto de baño —dado el tiempo que debía pasar en la cocina, no era tan extraño que el aparato se encontrara allí—. Ni siquiera sé si por la mañana te gusta ver los debates o ponerte al día con los resultados deportivos.

—También veo reportajes sobre granjas y ranchos locales. Cuando tengo tiempo.

—Debería habérmelo imaginado.

El resto de la planta baja estaba formado por un comedor vacío, un salón casi vacío, el despacho, el cuarto de la lavadora y un cuarto de baño completo.

—Al lado de esto, mi casa de Dallas parece un armario escobero —el eco le devolvió su voz.

—Pues aún no has visto nada —Gage le ofreció a Humphrey una galleta para perros y se dirigió a las escaleras.

En la primera planta había muchas más puertas que en casa de la tía Marsha. Una a una, él le mostró los dormitorios, todos vacíos salvo uno, dominado por una sencilla cama.

—¿Para tu familia? —preguntó ella.

—En las raras ocasiones en que viene a visitarme —Gage extendió las manos a su alrededor—. ¿Lo ves? Hay mucho sitio para guardar cosas.

—¿La guarida de la perdición? —en lugar de responder, Brooke señaló otra puerta.

—Estás en tu casa —murmuró él.

La puerta estaba abierta y Brooke se sorprendió al comprobar que el tamaño de la estancia era, fácilmente, el doble de grande que las demás. La gigantesca cama no le llamó la atención, pues las largas piernas del veterinario no toleraban menos que eso. Considerando la orientación de la casa, el sol entraba en aquella estancia durante casi todo el día y pudo admirar las paredes de color azul y el resto de muebles, de madera rústica.

—Esto está hecho a tu medida —murmuró—. Pero no hay elementos de decoración, ni plantas.

—No paso aquí el tiempo suficiente como para cuidar plantas —Gage miró a su alrededor—. Aunque eso podría cambiar —dándose la vuelta, la tomó en sus brazos para besarla—. Cielo santo, Brooke, escucha lo que voy a decirte. Quiero hacerte el amor aquí mismo, y ver la puesta de sol iluminar tu cuerpo y que la luna llena cubra tu piel de un manto perlado.

—No habrá luna llena hasta dentro de tres semanas —aunque conmovida, Brooke no pudo contenerse—. ¿Vamos a tener que esperar hasta entonces?

—Afortunadamente no.

El primer beso había sido apasionado, pero el segundo resultó voraz. Y Brooke respondió con la misma avidez, dispuesta a dejarse llevar al apasionado destino al que Gage quisiera conducirla. De nuevo estaban evitando hablar de ciertos temas, pero lo importante era que estaba en brazos de ese hombre que le inspiraba una gran seguridad y le hacía pensar que todo iba a salir bien.

Gage se sentó en la cama cubierta de suaves sábanas grises y la sentó en su regazo. Hundió las manos en los rubios cabellos y la mantuvo quieta durante uno de esos momentos de tierna pasión que la habían dejado sin respiración y retorciéndose contra él en numerosas ocasiones.

Brooke presionó el pecho contra el fuerte torso, buscando el alivio de la creciente necesidad. Al sentir la rápida erección, empezó a tironear de la camiseta de Gage.

—Es increíble lo rápido que te me subes a la cabeza —jadeó él con voz ronca.

—Y no solo a tu cabeza.

—Da igual —insistió Gage—. En lo que a ti concierne, todo apunta al mismo sitio.

Brooke consiguió arrancarle al fin la camiseta y procedió a desembarazarse del camisón.

—Ayúdame con esto.

—Será un placer.

Segundos después, la sedosa prenda se unió a la camiseta. Gage la tumbó sobre la cama e inició una ávida exploración de su cuerpo, un cuerpo que ya conocía casi tan bien como el suyo propio. Atrapada en las sensaciones de las mágicas caricias, ella tuvo la vaga conciencia de que le había quitado las braguitas. Más problemático le resultó al veterinario quitarse los vaqueros, sobre todo porque no llevaba calzoncillos y ya estaba completamente excitado. Cuando al fin lo consiguió, se tumbó junto a ella en la cama.

—Si me concedieran un único deseo, elegiría pasar un fin de semana entero adorándote. Pero ¿a quién quiero engañar? —se corrigió de inmediato—. Como mínimo una semana.

—Resulta casi demasiado atractivo para imaginármelo siquiera —Brooke deslizó las manos por el masculino cuerpo, disfrutando de la expresión de placer que le arrancó a la mirada azul.

—Esa respuesta ha estado muy bien. Ven aquí, cariño —Gage se tumbó de espaldas y la colocó encima de su cuerpo—. Ya no puedo esperar más.

Con eso dieron temporalmente finalizado el seductor diálogo que fue sustituido por una serie de suspiros y gemidos de placer. Ambos estaban concentrados en lo rápido que llevaban al otro al éxtasis. Brooke jamás habría creído posible que casi se pudiera llegar al orgasmo simplemente con ser acariciada y besada en los pechos, pero Gage le demostró que sí se podía mientras él se estremecía de placer al sentir los dientes de Brooke mordisqueándole los muslos.

Preso de la desesperación, la obligó a erguirse para probar el húmedo núcleo, y ella se sentó complaciente.

—Esto es perfecto —ella cerró los ojos y echó la cabeza hacia atrás.

—Tú eres perfecta —contestó Gage sujetándole las caderas con fuerza—. Hazlo, mi ángel, llévanos allí.

Y ella lo hizo.

Capítulo 9

PARA ser alguien que trabaja tanto, pareces muy feliz —observó Roy el lunes por la mañana.

—Es lo que pasa cuando trabajas al máximo sin dejar de vivir el fin de semana —Gage bostezó antes de aceptar la taza de café que le ofreció su amigo y empleado.

Roy había acompañado a su jefe en dos de las tres llamadas que se habían producido desde sendos ranchos durante el fin de semana. También había habido dos urgencias tratadas en la clínica. Entremedias, Brooke y él habían visitado a la tía Marsha, trabajado en el jardín, cocinado un par de estupendas comidas y hecho el amor todo lo posible. Pero quería más.

Con un gesto de la cabeza le indicó a Roy que lo acompañara a la parte trasera de la clínica.

—Roy, este fin de semana nos ha demostrado de nuevo que estamos perdiendo la batalla por intentar ayudar a todos nuestros clientes, de modo que voy a acelerar mis planes de contratar a otro veterinario. Y quizás también podría añadir un auxiliar, o al menos un técnico cualificado. Ya sabes que ese puesto siempre lo he querido para ti, pero…

—Sabes que apenas terminé el bachillerato, doctor, y eso fue hace tres décadas.

—Intenta contarle ese cuento a alguien que no sepa nada de tu servicio en el ejército, que no te haya visto manejarte con el papeleo y los constantes requerimientos del gobierno federal. Y la informática se te da igual de bien que a cualquiera de los que vienen buscando trabajo.

—Pero no tengo la titulación exigida para el puesto y soy muy viejo para volver a la escuela.

—Sé que no puedo obligarte —Gage tomó un sorbo de café mientras reflexionaba—. Lo cierto es que a ti también te vendría bien un poco de ayuda.

Roy abrió desmesuradamente sus oscuros ojos. No era normal que se quedara sin palabras.

—Es curioso que hables precisamente de eso, porque ayer pasó algo y supongo que este es un momento tan bueno como cualquier otro para mencionártelo. He pensado en alguien que podría trabajar aquí. En realidad, está buscando un sitio donde instalar su negocio de peluquería.

Gage frunció el ceño. ¿Acaso el viejo cincuentón había encontrado a alguien que le hubiera producido el mismo efecto que ejercía Brooke sobre él? Sin embargo, si bien a la clínica llegaban muchos perros de raza pequeña que requerían constantes atenciones, lo primero era encontrar otro veterinario.

—Eso habrá que dejarlo hasta después de haber encontrado a alguien que comparta el trabajo principal conmigo. ¿Necesitas una respuesta de inmediato?

—Creo que sí —Roy lo miró entre preocupado y avergonzado.

—Cuéntamelo.

—La chica de la que te hablo es mi sobrina. ¿Te acuerdas de Rylie?

Rylie Quinn, la hija del hermano pequeño de Roy.

—Un momento, ¿esa chica no debería haber acabado ya la carrera de veterinaria, o estar a punto de hacerlo? ¿Qué tontería es esa sobre peluquería?

—Al parecer ha dedicado el último año a montar un negocio de peluquería canina. Tiene una unidad móvil que le funciona bastante bien. Aunque lamento que haya dejado los estudios, me impresiona su ética, de lo contrario no diría nada, sobre todo después de lo de Vince.

—Debiste de sentirte fatal cuando te contó que había abandonado la carrera.

—Que alguien de la familia hiciera lo que a mí me hubiera gustado —el otro hombre inclinó la cabeza—, mi sobrina preferida... desde luego. Pero ella me aseguró que las circunstancias le habían obligado a ello —el hombre extendió la manos—. ¿Qué querrá decir eso?

—Puede significar muchas cosas.

—Eso me temo —Roy se encogió de hombros—. Por otro lado, si ella lo dice, para mí va a misa. Espero que cuando venga se explique algo mejor —añadió—. No es que dé por hecho que quieras entrevistarla, pero de todos modos va a venir.

Gage se sentía acorralado. Un estudiante que abandonaba sus estudios demostraba que no era una persona de fiar. Pero Roy era un gran empleado y la clínica no funcionaría tan bien sin él. Y eso se merecía una consideración especial, al margen del asunto de Vince.

—Me alegra que venga a visitarte.

—Me preguntó si podía aparcar en la parte de atrás y hacerte una demostración de sus servicios.

A Gage no le entusiasmaba la idea, pero quizás Roy

estuviera acertado al depositar su confianza en la joven y podría ayudar a su tío cuando no tuviera ningún cliente al que atender.

—Si pasa la entrevista, supongo que podríamos instalarla en una de las salas de exploración —propuso—. Creo que dará mejor imagen aquí dentro —y también resultaría más fácil vigilarla.

—Gracias, doctor —Roy parecía aliviado—. Sé que no puedo ofrecerte garantías, pero a lo mejor esto supone un nuevo comienzo para ella.

—¿Cuándo va a venir? —le preguntó Gage.

—Debería estar aquí para el Cuatro de Julio.

Para entonces haría muchísimo calor en Texas, pero la clínica no solía registrar demasiada actividad ya que la gente se iba de vacaciones.

—Pues que venga a la barbacoa y así le presentamos a algunos posibles clientes. Brooke también podrá serle de utilidad. Podremos hacernos una idea de la clase de clientela que podría atraer.

—Cuando sepa algo más, te lo contaré —el otro hombre parecía más que aliviado.

El veterinario regresó a la parte delantera de la clínica para interesarse por el fin de semana de los chicos mientras por la puerta aparecía Jerry Platt con un perro en brazos. El problema era que Jerry Platt no tenía perro.

—¿Qué demonios traes ahí? —preguntó Pete Ogilvie.

—¿Podrías echarle un vistazo, Gage? —Jerry se dirigió a Gage con gesto avergonzado—. Se le ha metido resina de pino entre los dedos y Liz está fuera de sí.

—¿Este es el perro de Liz Hooper? —preguntó Gage. ¿Acaso Liz había puesto sus ojos en Jerry?

—Sí —Jerry miró de reojo a los otros hombres—. Aunque no puedas hacer nada, me gustaría que lo metieras en una jaula durante unas horas. Si no consigo unos minutos de tranquilidad, voy a hacer algo que dará con mis huesos en la cárcel durante el resto de mis días —se acercó un poco más al veterinario—. Solo le sujeté la puerta en la oficina de correos y lo siguiente que supe era que se quedaba a pasar la noche en mi casa. ¿Y sabes cuál es la solución que se le ocurrió cuando a su perro se le llenaron las patas de resina de pino? Que cortara mis pinos. Pero lo peor es que esta pequeña rata no para de mearse en mis zapatillas.

Dividido entre las ganas de reír y la simpatía que le despertaba ese tipo, Gage tomó al perro.

—La resina de pino no se lleva bien con el pelo de perro. Veré lo que puedo hacer.

Jerry se reunió con los chicos y Gage se llevó a Bandy a la parte trasera donde se lo pasó a Roy.

—Límpialo lo mejor que puedas antes de que empiecen a llegar más clientes —le pidió.

—Rylie nos vendría muy bien para esta clase de situaciones.

—Ojalá estuviera aquí ahora mismo —asintió Gage.

—No te agobies —le aconsejó Brooke a Hoshi mientras los pedidos para el funeral no paraban de llegar. Apenas les quedaban flores y la próxima entrega se estaba retrasando—. La buena noticia es que el funeral no será hasta el jueves. Cierto que la capilla ardiente se instala mañana, pero para entonces tendremos suficientes arreglos.

—Ese caballero debió de haber sido alguien importante en esta ciudad.

—El hermano Jamison tenía la mayor congregación de toda esta zona —le informó Brooke—. ¿Necesitas llamar a tu marido para decirle que seguramente saldrás tarde?

—No será necesario. Está trabajando y sabe dónde estoy, pero gracias por preocuparte.

A Brooke le gustaba esa chica cada vez más. Su calma resultaba contagiosa, incluso para Kiki, que poseía la energía de tres personas.

—Entonces llamaré a Charles para comunicarle que en los próximos días va a tener que realizar unas cuantas entregas.

Esperaba que, con el tiempo, Hoshi pudiera encargarse de todo ella sola. La joven era toda una profesional, pero estaba continuamente buscando la aprobación de su jefa hasta en los más mínimos detalles, a pesar de que debería fiarse de su buen juicio como ella solía aconsejarle.

Acababa de hablar con Charles cuando llegó el camión de reparto. La alegría inicial pronto se tornó en frustración al comprobar que faltaba una gran parte de las flores.

La tienda también estaba en plena ebullición ya que era época de graduaciones y bodas. Sin embargo, cuando Liz Hooper entró por la puerta, Brooke dudó de la capacidad de Kiki para manejar el veneno que destilaba esa mujer. En cuanto la vio a ella, pasó delante de Kiki como si no fuera más que otro adorno floral.

—¿Eres tú la de ahí al fondo, Brooke?

Apretando los dientes, Brooke dio un paso al frente y se dirigió a la mujer con educación.

—Liz Hooper, ¿verdad? ¿En qué podemos ayudarte? —hizo hincapié en el plural mientras miraba a Kiki.

—Me he enterado del fallecimiento del hermano Jamison y, aunque no asistía a su iglesia, me gustaría enviar algo digno de la esposa del antiguo alcalde. ¿Podrías arreglarlo? Ya he ido a la tienda de Rita y de Joyce, pero ambas están abarrotadas.

Brooke reprimió una sonrisa. Imposible pasar por alto el insulto de esa mujer al insinuar que las otras dos floristerías estaban más llenas y eran más populares de lo que podría ser Newman's jamás. Y considerando lo que Gage le había contado de Liz, no iba a caer en su trampa.

—Liz, te seré sincera, nosotros ya no aceptábamos pedidos mucho antes que ellas dos llegaran a su límite. Nos ayudamos en caso de emergencia. Pero hasta la última flor que llegue en los próximos repartos está ya reservada. Si estás pensando en algo de seda, lo único que puedo prometerte es que llegará a tiempo para el funeral, no para el velatorio.

—Da igual —murmuró Liz con desdén—. Llamaré a Rusk o a Tyler —a punto de irse, dio media vuelta y ofreció su voz más edulcorada—. Me compadezco de ti por cómo tu tía te cargó con todo este trabajo, cielo, pero debes saber que no te estás ayudando a ti misma comportándote como una víctima para poder atrapar a Gage, solo porque es el amable vecino de Marsha.

—No hablo de asuntos familiares o personales contigo —al final se había revelado el verdadero motivo de la visita de esa mujer.

—¡Por favor! No te me pongas digna, Brooke Bellamy —bufó Liz con desprecio—. ¿La camioneta de Gage frente a la puerta de Marsha? Pensé que la sobrina de una mujer tan piadosa mostraría más respeto por la reputación de esa pobre mujer.

Brooke nunca se había enfrentado a una escena de celos y mezquindad como esa. Respiró hondo para poder contestar lo que deseaba decirle con total frialdad.

—Acabas de reconocer que te dedicas a pasear, de noche, por una calle en la que no hay nada de tu incumbencia. A mí me parece que suena a acoso. Si no te importa, métete en tus propios asuntos o me veré obligada a informar a la policía.

—No me lo puedo creer.

Gage y Brooke disfrutaban de un balsámico baño en el cuarto de baño de la joven, quien había informado al veterinario del desagradable comportamiento de Liz. Desgraciadamente, Gage había elegido la baza del desdén.

—¿Y exactamente qué parte no te puedes creer? —recostada sobre él, Brooke luchó contra una creciente indignación—. ¿La parte de que es una víbora venenosa o que viniera a la floristería en busca de más problemas? No sé qué os pasa a los hombres. Sois incapaces de ver que, si os mostráis amables con una mujer como esa, va a dar por hecho que mantenéis una relación.

—Espera un momento —Gage interrumpió una caricia—. Tú también has admitido haber tenido problemas con clientes masculinos.

—Lo que dije fue que siempre me protegía contra situaciones que pudieran crear problemas —no era la primera vez que hablaban de eso, pero estaba claro que Gage no la había entendido—. Los hombres no sois claros, demasiado preocupados por perder un cliente, y eso cuando no estáis inmersos en alguna estúpida competición cargada de testosterona. Para mujeres como Liz, es como acercar un bidón de gasolina a una llama.

—Eso no es justo —él le tomó el rostro entre las manos y la miró a los ojos—. Yo nunca le he dado esperanzas a Liz Hooper. Me produce urticaria —se agachó y la besó—. Acusar con red debería ser ilegal.

—¿Disculpa?

—Es como pescar con red. Lanzas la red con la esperanza de capturar algo que se encuentre en el lugar equivocado en el momento equivocado.

—Pues será mejor que no te encuentres en el lugar equivocado en el momento equivocado —incapaz de enfadarse con él, Brooke rio.

—Así me gusta más —Gage la ayudó a sentarse a horcajadas sobre él—. Tres es una multitud en esta bañera.

—También te estás aprovechando de la mayor parte del agua.

—Y de las mejores vistas —él vertió el agua balsámica sobre los pechos de Brooke—. Siento lo ocurrido. No vamos a permitir que amenace nuestra felicidad.

—Cuéntame algo bueno que te haya pasado hoy —ella lo besó con dulzura.

—No sé si será bueno o no, pero dentro de una semana vendrá un posible candidato para la clínica. Es la sobrina de Roy. Al parecer ha abandonado los estudios de Veterinaria —Gage le hizo un breve resumen de la situación.

—Qué raro —murmuró Brooke—. ¿Y Roy no tiene ni idea de por qué ha dejado los estudios? A lo mejor ha suspendido y no quiere que lo sepa su tío.

—No parece alguien que abandone fácilmente. Ha montado un negocio de peluquería canina y eso le honra. Al menos parece haber heredado algunos de los genes de Roy.

—¿Y hay bastante mercado aquí para que salga adelante esa clase de negocio? —preguntó ella.

—No tengo ni idea. Vendrá a la barbacoa del Cuatro de Julio. Ahí podrá conocer a algunas personas y nos haremos una idea de cuántos clientes podría conseguir.

—Pensaba que ibas a contratar a otro veterinario.

—Y sigo pensándolo. Esto ha surgido inesperadamente.

—¿Qué puedo hacer yo? —Brooke le rodeó el cuello con los brazos.

—Besarme. Llevarme dentro de ti.

—Me refería… —lentamente, ella hizo ambas cosas— a la fiesta.

—¿Qué fiesta?

—Tienes razón —Brooke se quedó sin respiración cuando él empezó a bascularla contra su cuerpo—, no es fácil concentrarse cuando haces esto.

Gage deslizó una mano hasta el íntimo núcleo, dando así por finalizada la conversación.

—Te lo preguntaré de nuevo —insistió Brooke. Estaban en la cama, disfrutando de una copa de vino—. ¿Qué puedo hacer para ayudarte en la fiesta?

—Estar allí. Ayudarme a que Rylie se sienta bien acogida.

—¿Cuántos años tiene?

—Veintitantos.

—Espero que la tía Marsha se encuentre lo bastante bien como para venir. Le daría la oportunidad de pasar algo de tiempo con Humphrey y ver que las cosas no están cambiando tan deprisa.

—¿Qué no me estás contando? —el tono de Brooke hizo que Gage volviera la cabeza.

—Ya sabes que al final siempre se te junta todo. Andi me llamó hace un rato.

—¿Tienes una oferta de compra para tu casa?

—Ha ido muy rápido, ¿verdad? —dijo ella.

—Es una gran casa, ya te lo dijo Andi —por la

manera de Brooke de frotar su mejilla contra él, Gage supo que estaba confusa—. Pero no tienes por qué aceptar.

—No han puesto ninguna pega al precio que he pedido y también están dispuestos a correr con los gastos notariales —ella hizo una mueca de desagrado—. No puedo rechazarlo.

—Entonces es que quieren esa casa de verdad —Gage le acarició la espalda y le besó la coronilla—. ¿Tienes la sensación de estar perdiendo la libertad?

—Un poco, quizás.

—¿Y no lo compensa el que tu tía esté mejorando mucho y la floristería vaya viento en popa?

—Por naturaleza, no soy de las personas que ven el vaso medio lleno. Utilizo demasiado el hemisferio izquierdo de mi cerebro y soy muy analítica, pero también soy agradecida.

—¿Y qué vas a hacer? —él no quería que se sintiera obligada a vender la casa por gratitud.

—Dormir… contigo.

Gage suspiró aliviado. No había motivo para preocuparse. Ella estaba en sus brazos y acababan de dar un paso más hacia la eterna felicidad.

—¿Cuánto tiempo hace que no veías a tu tío? —le preguntó Brooke a Rylie Quinn.

—Demasiado. Desde mi graduación del instituto.

La fiesta del Cuatro de Julio estaba en pleno apogeo. A Brooke le había encantado la pelirroja de cabellos cortos desde que la hubiera conocido el día anterior cuando había ido a recoger a Humphrey. Parecía tener menos de veinticinco años, en parte por la resplandeciente sonrisa, chispeantes ojos verdes y alegre personalidad que hacía juego con el exótico color de su pelo. Sin embargo, en cuanto abría la boca resultaba evidente que era muy inteligente y, considerando la rapidez con la que se había hecho con Humphrey, dotada para los animales.

—Por lo que me han contado, Roy estaba emocionadísimo con tu llegada —le aseguró ella.

—Desde que a los nueve años les dije a mis padres que quería ser veterinaria, él siempre me ha apoyado. Mi madre quería que fuera actriz y cantante para que me presentara al casting de *Annie* en Broadway, y mi padre opinaba que lo máximo a lo que podría aspirar era a ser monitora de guardería —la joven se detuvo—. No digo que no respete esa admirable profesión.

—Sé muy bien cómo te sientes —le tranquilizó Brooke.

—Estoy segura de que tus padres opinan que eres perfecta —observó Rylie.

—Mi padre no se conformará con menos que el premio Nobel de Economía —contestó Brooke.

—Me gusta tu tía —continuó la otra joven tras soltar una carcajada—. Es un encanto.

—Sí lo es —Brooke no había dejado de vigilar a la tía Marsha para asegurarse de que no se cansara en exceso—. Tengo que llevarla de regreso a la residencia dentro de un rato. Todavía se está recuperando, y con este calor se va a cansar enseguida.

—¿Quieres que te acompañe? Te ayudaría con tu tía y de paso puedo enterarme de si aceptan visitas de perros como terapia para los ancianos. ¿Sabes si aquí se hacen cosas de esas?

—No lo sé —contestó Brooke—. La residencia es nueva y yo solo llevo un mes en Sweet Springs.

—Pues yo tenía la impresión de que el doctor Sullivan y tú llevabais juntos toda la vida.

—Gage se llevaría bien hasta con un pit bull con

rabia, pero gracias. Me encantará que me acompañes —Brooke optó por cambiar de tema—. Me ha impresionado el tamaño de tu caravana. Apenas eres más alta que yo, ¿cómo puedes conducir esa cosa?

—Solo lo hago si no me queda más remedio —Rylie puso los ojos en blanco—. La mayor parte del tiempo la tenía aparcada en el último sitio en el que trabajé. Lo mejor es que tienes todas las comodidades de un hogar en tu trabajo. Así tanto los animales como sus dueños se sienten más relajados. Pero el doctor Sullivan me dijo que trabajara en el interior de la clínica.

—Es lo lógico —observó Brooke—. Sé que tu tío está tan desbordado por el trabajo como Gage, de modo que, si puedes echarles una mano, seguro que te estarán agradecidos.

—Ya lo hemos hablado —la joven asintió—. Voy a estar en la gloria.

—¿Qué te parece el rinconcito que tienen montado en la clínica? —ambas se volvieron al grupo de ancianos que reía en torno a una de las mesas de picnic.

—Yo les llamo los cuatro mosqueteros —Rylie rio . El señor Atwood me recuerda al reservado e intelectual Aramis. El señor Ogilvie es el fuerte y vigoroso, aunque triste, Athos. El señor Walsh es Porthos, el alma de cualquier fiesta, y Jerry Platt tiene que ser D'Artagnan.

—Veo que a ti también te gusta leer —Brooke sonrió.

—No teníamos mucho cuando yo era pequeña, pero sí nuestras aventuras, y ese libro era mi referencia.

—Bueno, pues si esos cuatro bribones te oyeran hablar así de ellos, sin duda te adoptarían —ella señaló hacia su tía—. Si estás preparada, iré a buscar a la tía Marsha.

Minutos después, tras informar a Gage de que se

iban a ausentar unos minutos y pedirle que vigilara a Humphrey, se marcharon.

—Hogar, dulce hogar —exclamó la tía Marsha en cuanto el coche se detuvo frente a la residencia.

—No hace falta que exageres tanto —Brooke sonrió a su tía.

—Seguro que los hombres hacen cola esperando su regreso, señora Newman —aseguró Rylie.

—Ellos aún no, pero mis amigas sí —Marsha se sonrojó—. Hoy tenemos partida de póker.

—Esta mujer es pura dinamita —le confió la joven a Brooke.

Tras aparcar el coche, Brooke empujó la silla de ruedas de su tía al interior de la residencia mientras Rylie se dirigía al mostrador de recepción.

—¿Te lo has pasado bien?

—Sí, querida —contestó la anciana—. Y me alegró ver que Humphrey hace suficiente ejercicio y que Gage y tú os lleváis tan bien. ¿Cuándo firmas la venta de la casa?

—El treinta y uno —le recordó ella.

—Solo estaba comprobando que no hubiera habido cambio de planes.

—Eres una brujilla —Brooke detuvo la silla junto al sillón reclinable—. No te estoy ocultando nada.

—De manera que, si hubieseis hablado de noviazgo, ¿me lo dirías?

—Tía Marsha —la joven puso los ojos en blanco—, solo nos conocemos desde hace un mes.

—Yo me enamoré de tu tío a primera vista —contestó la anciana sin inmutarse.

—Sí, y nada más verte él le dijo a sus amigos que eras la chica con la que se iba a casar —seguramente solo había oído la historia unas veintiséis veces—. Lo recuerdo.

Brooke no podría haber superado las últimas semanas sin la ayuda y el apoyo del veterinario, y era muy consciente de que se estaba enamorando de él, de que ya lo estaba. Pero no quería estropear la bonita relación. Por una parte estaba convencida de que Gage era el hombre para ella, pero por otra se preguntaba por qué él aún no había pronunciado las palabras.

Te amo…

Cásate conmigo…

—¿Quieres tumbarte un rato antes de reunirte con tus amigas? —le preguntó a su tía.

—No, no. En la cocina están preparando el refrigerio y solo necesito lavarme un poco. Puedo hacerlo sola. Tú márchate, querida, vuelve a la fiesta. Gracias por la maravillosa tarde.

Brooke se despidió con un beso y prometió regresar al día siguiente. En la entrada se encontró con Rylie, que hablaba con Susan Freese, la administradora de la residencia. Susan parecía encantada y saludó a Brooke con la mano. Era buena señal. Hasta el momento, a Rylie le había salido todo a pedir de boca.

—¿Qué tal ha ido? —le preguntó cuando estuvieron en la calle.

—Genial —contestó una entusiasmada Rylie—. Los perros de la policía vinieron en una ocasión para una demostración, pero no son animales a los que les guste ser acariciados. BM lleva conmigo tres años y es todo lo contrario.

Brooke ya conocía al mestizo de color negro y pelo largo de mirada inteligente y penetrante, tanto que se había descubierto hechizada por sus ojos en varias ocasiones.

—Es preciosa y de carácter muy dulce —asintió—. ¿Cómo llegó a tu vida?

—Fue abandonada. La vi andando por la carretera.

Un imbécil que conducía delante de mí intentó atrope-
llarla y el animal se arrojó a la cuneta. No solo se hirió
gravemente el hombro, sino que también me llevó un
año quitarle el miedo a los coches o a caminar cerca
de una carretera.

—¿Qué significa BM?

—El Bebé de Mamá —Rylie soltó una carcajada—. Te parecerá una locura, pero desde el primer
momento, cuando yo estaba ocupada con un animal,
ella se ponía a cuidar y a entretener a los que estuvie-
ran esperando, ya fueran animales de dos o de cuatro
patas. Es un amor.

—Me impresionó mucho cuando le ordenaste que
se quedara y ella se tumbó junto a la mesa en la que habías estado sentada —Brooke pensaba que Rylie también era un amor—. ¿No se pone nerviosa si no te ve
cerca? Con Humphrey tenemos ese problema.

—Solo se pone nerviosa si sucede algo malo, o si
hay tormenta, pero sé que Roy y el doctor estarán pendientes de ella, como lo están del perro de tu tía —la
joven le dedicó una mirada traviesa—. Apuesto a que
te van a contar que, en cuanto Humph empezó a olis-
quear por ahí, ella le ordenó que volviera a posar el
trasero en el suelo.

—Daría dinero por verlo —rio Brooke—. ¿Te ha
dejado Susan hacer algo con BM?

—Tenemos una entrevista el miércoles que viene
—Rylie asintió.

—¿En serio? ¿Los perros pueden ser entrevistados?

—Pues claro. Hay que comprobar lo sociables que
son, cómo reaccionan ante los extraños en diversos am-
bientes. No puede ser que les entre un ataque de pánico
si suena una sirena o algo se estrella contra el suelo.

—Seguramente te lo habrán preguntado una docena de veces ya, pero ¿siempre quisiste trabajar con

animales? A lo más que llego yo es a empezar a pensar en Humphrey como en un miembro de la familia —admitió ella con gesto avergonzado.

—Bueno… —murmuró la otra mujer—. Eso es todo un logro, ¡bien por ti! En cuanto a tu pregunta, desde que tengo recuerdos. Mi primera mascota fue un conejito al que su madre había abandonado en nuestro jardín. Yo ni siquiera iba a la guardería y no sabía que, si su madre había hecho eso, significaba que al pobre animalito le sucedía algo malo. Murió esa misma noche. Después llegaron los pájaros que se caían de los nidos, algunos de los cuales conseguí criar hasta que se hicieron adultos, ardillas, gatos, perros, tortugas, mapaches… Mis padres, sin embargo, pusieron el límite en las mofetas, lo cual tiene su mérito si tienes en cuenta que soy la única chica y que mi hermano mayor es adoptado.

—¿Estás diciendo que fuiste una niña malcriada? —preguntó Brooke divertida.

—Incluso ahora —admitió Rylie—, cada vez que oigo un aplauso tengo que esforzarme por no saludar. Mis padres intentaron tener hijos, pero sin suerte, por lo que adoptaron a mi hermano. Y antes de que celebrara su primer año con ellos, descubrieron que yo estaba en camino.

Las dos mujeres charlaron animadamente mientras regresaban a la fiesta y, una vez allí, fueron recibidos por BM seguida de cerca por Humphrey. Brooke se mostró encantada cuando el perro de su tía se fue directamente a ella para saludarla.

—Yo también me alegro de verte —lo saludó con una caricia.

—¿Todo bien? —Gage se acercó y la besó.

—La tía Marsha se ha preparado para una velada de póker con las amigas, y Rylie tiene una entrevista con Susan para considerar la posibilidad de utilizar a BM como perro de terapia.

—Esa es una idea genial —Gage abrazó al animal—. Es el perro más cariñoso que he visto en mucho tiempo. Y muy inteligente. Incluso diría que está educando a Humph. Hace un rato estaba alegremente tumbado a su lado hasta que vio una ardilla. Humph miró a BM, como si le estuviera pidiendo permiso y ella, literalmente, le puso una pata encima, tras lo cual Humph rodó sobre un costado y se echó una siesta.

—Bueno, pues parece el inicio de una bonita amistad —a Rylie no le sorprendió el relato de Gage.

La fiesta continuó animada hasta que una camioneta gris aparció frente a la entrada. El vehículo de Jerry Platt no llamó la atención de nadie hasta que Liz Hooper descendió de él.

—¿Todavía siguen juntos? —preguntó Brooke apenas capaz de contener un gruñido.

—Y él está intentando atar el nudo —le aseguró Gage—. Liz debe de haber hecho un buen trabajo.

«Lo hace para llamar tu atención», pensó ella.

—Sabes que Jerry siempre es bienvenido en mi casa —el veterinario miró a Brooke con gesto suplicante—, y ella podría ser una buena clienta para Rylie.

—¿Me equivoco o esa mujer es un poco maliciosa? —preguntó la joven aludida.

—Lo bastante como para hacerme desear haberme quedado más tiempo con la tía Marsha —contestó Brooke—. Pero no me hagas caso, no debería haber dicho eso. Tienes que conocerla. Forma parte de la sociedad local, y fue Miss Sweet Springs y Miss Cherokee County.

—Se nota por su pelo —Rylie asintió lentamente.

—Voy a ayudar a reponer la comida y bebida —ante el gesto de preocupación de Gage, Brooke cambió de tema—, y si surge la oportunidad, me apuntaré al servicio militar en ultramar.

—Me encanta esta mujer —Rylie soltó una carcajada.

Brooke recogió las bandejas vacías para llevarlas al interior. En cuanto las hubo llenado de nuevo, volvió al jardín con ellas. Liz tenía acorralados a Rylie y a Gage mientras Jerry disfrutaba de la compañía de sus amigos. Pero antes de que pudiera acudir en ayuda del veterinario, una limusina negra paró frente a la casa de la tía Marsha.

Solo había una persona capaz de hacer una aparición así, y sin anunciar. Brooke salió corriendo hacia la casa del al lado y llegó a la puerta cuando el timbre ya sonaba por segunda vez.

—¡Papá! Qué sorpresa.

Con la sorpresa inicial no se había dado cuenta de que su padre llevaba una botella de champán bajo el brazo. «¿Y ahora qué?», pensó.

Su padre se fijó en la vestimenta de Brooke, en tonos azules, rojos y blancos, completada con unas sandalias tan brillantes que requerían gafas de sol para mirarlas. Los cabellos estaban sueltos, como le gustaban a Gage.

—Tienes un aspecto… relajado —saludó el hombre mientras recibía el obligado beso en la mejilla—. Debo admitir que el tono de tus mejillas te hace parecer más sana que la última vez que te vi.

—Gracias —ella apoyó una mano en el estómago para calmar la agitada respiración—. Estaba en la casa de al lado. En una fiesta de bienvenida para los nuevos clientes de la clínica veterinaria.

—Tú nunca has tenido una mascota —observó Damon Bellamy—. Espera un momento, mencionaste algo sobre que tu tía tenía un perro.

—El perro también está en la casa de al lado —sabedora de que las explicaciones eran inútiles, Brooke cerró la puerta—. Qué agradable verte. ¿Tienes algo que celebrar?

—Mi último negocio —el hombre sostuvo la botella en alto—. Y un empleo digno de mi hija.

—¿Por qué no te sientas? —Brooke sintió de repente un gran peso sobre sus hombros.

—No puedo. Tengo una importante cena en Dallas esta noche. Pero quería que lo supieras por mí: he comprado The Crystal Group y quiero que lo dirijas para mí.

—¿Yo? —ella conocía algo de la empresa de inversiones, la mitad de grande que la de su padre.

—Como directora general, por supuesto.

—Si no recuerdo mal, la oficina no está en Dallas.

—Qué graciosa eres. La oficina central sigue estando en Nueva Zelanda.

«¡Cielo santo!».

—Papá… —Brooke intentó mantener la compostura—, no me interesa trasladarme a la otra punta del planeta. Además, aquí me necesitan.

—¿Te necesitan o te utilizan? —el atractivo, aunque distante, hombre miró a su hija sin pestañear—. ¿No dijiste que Marsha estaba ingresada en una buena residencia? Tu trabajo aquí ha terminado.

—No exactamente. Voy a comprar los inmuebles de la tía Marsha. Para cuando haya concluido la compra, estaré recibiendo una renta de una docena de negocios.

—Bagatelas —contestó su padre.

De repente, y en un gesto totalmente impropio de él, dejó la botella en una silla y tomó a su hija en brazos.

—Brooke, piénsalo. Antes de que te des cuenta habrás firmado una docena de negocios que valdrán más de diez veces lo que toda esta ciudad.

Por el rabillo del ojo, Brooke vio abrirse la puerta trasera y alguien asomar. Para cuando su padre la dejó de nuevo en el suelo, ese alguien había desaparecido.

¡Gage!

—Papá, ese era Gage. Tengo que hablar con él.

—Déjale que se vaya —Damon Bellamy se atusó los cabellos—. Quiero presentarte a alguien.

—¿Perdona? —perpleja, Brooke sacudió la cabeza, rezando para que las cosas no empeoraran.

—La fusión de ambas familias sería lo más grande desde…

—¡Padre!

Damon Bellamy se detuvo ante la brusquedad del tono de su hija.

—Hace un momento dijiste algo sobre ser utilizada, ¿no? Pues aquí tengo planes —le explicó ella con dignidad—. No habría estado de más por tu parte preguntarme sobre ellos antes de utilizarme como tu nueva baza para negociar.

—¿No comprendes que he estado trabajando para ti, puliéndote para que seas digna de lo que algún día vas a heredar? —su padre la miró como si se hubiera vuelto loca.

—Yo diría que, si soy digna de algo, es de pensar por mí misma —Brooke intentó disimular el efecto que le producían las palabras de su padre—. ¿Qué clase de director general se arrojaría en brazos del directivo que le has elegido? Gracias por tu oferta, pero, con todos mis respetos, la rechazo.

—No volveré a buscarte —Damon la miró como si fuera un ser anormal—. No volveré a hacerte otra oferta. Pero cuando necesites ayuda, serás tú la que vengas a mí.

—Y espero que quieras mantenerte al tanto de mi vida para asegurarte de que estoy bien, y quizás algún día conocer a tus nietos.

Sin decir una palabra, su padre se marchó.

Brooke lo vio regresar a la limusina sin siquiera mirar atrás. Debía de estar loca para haber rechazado una fortuna y una inmensa posibilidad de futuro. Sin embargo, al hacerlo, acababa de liberarse del yugo emocional y psicológico que la había estado agarrotando toda su vida.

Cerró la puerta y, al darse la vuelta, su mirada se posó en la botella de champán.

—¡Madre mía! —susurró al reconocer la etiqueta. En sus labios se formó una sonrisa.

Cuando al fin regresó a la fiesta solo quedaban Humphrey y Gage. Sentados en el porche trasero, no era fácil distinguir cuál de los dos tenía el gesto más pensativo.

El perro fue el primero en verla y la saludó con un alegre ladrido. Gage se incorporó, a punto de levantarse, aunque al final se quedó sentado con las manos entre las rodillas.

—Pensaba que tú también te habías marchado —observó—. Cuando la limusina arrancó.

¿Cómo había podido pensar tal cosa?

—Y movido por una aguda depresión echaste a todo el mundo de la fiesta…

—Liz se encargó de eso.

—Esa mujer es un regalo del cielo.

—Ya llevaba unas copas de más al llegar y, tras beberse un margarita de un trago, no tardó mucho en traspasar el límite.

—¿Y quién fue el desafortunado receptor de sus atenciones?

—Bastará con decir que Jerry la llevó a rastras hasta la camioneta —Gage la miró con gesto divertido—.

Y dado que el concierto y los fuegos artificiales están a punto de empezar en el parque, los demás decidieron que era hora de marcharse también —hizo un gesto hacia la botella—. ¿Celebrando algo?

—Mi compromiso —Brooke contempló la botella y las dos copas que llevaba.

—¿En serio? —Gage respiró hondo y soltó el aire lentamente.

—Idea de mi padre. La oferta fue suavizada con un puesto de director gerente de su última adquisición.

—Bueno, ya sabías que iba a intentar alejarte de este lugar.

—Sí, pero hasta tú admitirás que Nueva Zelanda es pasarse un poco.

—¡Vaya! No se anda con tonterías —Gage se frotó las manos contra los vaqueros—. ¿Y con quién quiere liarte tu padre? ¿Con el hijo del actual dueño?

—No llegamos a entrar en esos pequeños detalles, pero sospecho que no vas muy desencaminado. La pista más importante fue cuando pronunció las palabras «fusión de ambas familias». ¿Quién no aprovecharía esa oportunidad?

Una expresión de dolor cruzó brevemente el rostro de Gage, pero, segundos después, se levantó de la silla y se dirigió al primer escalón del porche, sin apartar la mirada de la de ella.

—Brooke Bellamy, ¿estás insinuando que rechazaste a papaíto? ¿Has dicho que no a Damon?

—Intenta no parecer tan engreído.

—Tu otra opción es subir aquí y dejarme besarte hasta quitarte el sentido.

—No vamos a desperdiciar una añada de primera —ella subió las escaleras del porche y le mostró la etiqueta de la botella.

—Dado que el príncipe William ya está casado, y

Harry no me parece tu tipo, ¿a quién demonios había elegido tu padre para ti?

—Me da igual —Brooke dejó la botella y las dos copas sobre la mesa y se volvió hacia Gage—. Preferiría centrarme en a quién elijo yo.

—¿Cuántos intentos tengo para adivinarlo?

—Ninguno. Limítate a demostrarme que he hecho lo correcto.

—Maldita sea, Brooke, me has dado un susto de muerte —Gage la tomó en sus brazos y la besó.

—No te burles.

—No lo hago, pero no tengo derecho a impedirte estar con quien quieras estar.

—Me alegro, porque eso pienso hacer. Contigo.

El rostro de Gage se iluminó con una mezcla de felicidad y arrobo.

—Te amo —declaró solemnemente.

—Y yo te amo a ti.

—Repítelo —susurró él.

—Te amo. Empecé a enamorarme de ti cuando admitiste que ibas a invitarme a salir, pero no fue hasta esta tarde, cuando te vi con ese bebé en brazos…

—¿Bebé? ¡Ah!, la hija de los Nelson, Victoria. Son nuevos aquí. No los conoces.

—Pues cuando vi a ese bebé en tus brazos pensé: «Quiero verlo así con nuestro bebé».

—Me muero por ver a ese angelito chupar de ahí —Gage cerró los ojos, emocionado, mientras acariciaba un pezón del pecho de Brooke.

—¿Entonces estamos de acuerdo? —ella respiró entrecortadamente.

—Cariño —él la besó apasionadamente—. Pongámonos manos a la obra.

Epílogo

EL último domingo de agosto, Brooke y Gage se casaron en la iglesia metodista a la que pertenecía la tía Marsha. La pareja no había enviado invitaciones formales, limitándose a anunciar que tras el servicio pronunciarían sus votos. También se publicó un anuncio en la prensa local. Se pedía expresamente que no hubiera regalos, pero sí se daba la opción de donar algo de dinero al refugio de animales y al retén de bomberos voluntarios.

El gran día, la iglesia estaba abarrotada, testimonio del cariño que profesaban los vecinos por el veterinario y la joven empresaria. Andi, llegada desde Dallas, ejercía de dama de honor, y Roy de testigo del novio. El padre de Brooke había lamentado, a través de su secretaria, no poder asistir por encontrarse fuera del país y así fue la tía Marsha quien la entregó al novio.

—Será un honor —había contestado la anciana. Aunque necesitaba un bastón, y se apoyaba en su sobrina para caminar, avanzó resplandeciente y hermosa por el pasillo central.

Incluso Humphrey participó en la ceremonia como portador de los anillos. Su única indiscreción fue el ladrido de emoción que soltó al llegar al altar, antes de acomodarse junto a BM.

Tras la ceremonia hubo una pequeña recepción con tarta y ponche en la iglesia, y luego una barbacoa en la casa de Gage, la casa de ambos. La de la tía Marsha iba a ser vendida.

Deseosos de estar a solas, no protestaron cuando los invitados empezaron a despedirse.

—Creía que los mosqueteros no iban a marcharse antes de la puesta de sol —murmuró Gage.

—Menos mal que Roy se ofreció a conducir para los chicos —observó Brooke—. Pero ojalá tuviera a alguien en su vida. Ni siquiera vino acompañado a la boda.

—Oye, tú ya tienes un tipo del que preocuparte —Gage la tomó en sus brazos y la besó—. Al fin solos, señora Sullivan. ¿Eres feliz?

—Como en el paraíso —Brooke desató la corbata del novio—. Me gustan tus padres y siento que el resto de la familia no pudiera venir.

Los padres de Gage se habían instalado en casa de la tía Marsha y tenían previsto desayunar con los recién casados antes de dirigirse al aeropuerto para regresar a su casa.

—Pronto conocerás al resto. Mis hermanas se mueren de curiosidad. Al parecer mi padre no deja de hablarles de ti y mamá te dio su aprobación en cuanto ganaste a papá jugando al ajedrez. Las mujeres Sullivan son competitivas por naturaleza.

—Yo no quiero competir —protestó ella—. Lo que quiero es una familia.

—Ya tienes una, cielo —Gage le besó la punta de la nariz antes de adoptar una expresión de tristeza—. Siento que tu padre no haya venido.

—Él se lo pierde —le hubiera gustado tenerlo allí, pero no si con ello hubiera hecho que Gage o la tía Marsha se hubieran sentido incómodos—. ¿Seguro que no te importa que no quiera ir de luna de miel? —lo que más le apetecía era comenzar su nueva vida, en casa.

—No tengo palabras —contestó él—, pero intentaré encontrarlas en cuanto consiga sacarte de todo este lío.

Brooke contempló el vestido que su tía le había suplicado que se comprara. Ella hubiera preferido otro, pero la anciana había insistido tanto que temió causarle un infarto si no accedía.

—No puedes casarte vestida como si fueras de picnic —le había reprendido.

—Es una pena gastar tanto dinero en un vestido que solo te pones una vez —había contestado Brooke, aunque tuvo que admitir que la prenda era preciosa.

—Estás preciosa —murmuró Gage mientras entraban en la casa.

—Pues tu madre lloró al verte a ti —contestó ella mientras admiraba el bonito traje del novio.

—Más le vale quedarse con una foto porque no pienso volver a ponerme esto si puedo evitarlo.

Tras tomar a su esposa en brazos, la llevó hasta el dormitorio principal, el único que Brooke no había llenado con sus cosas. Únicamente había incorporado un arcón que había pertenecido a su madre y que encajaba muy bien con la estancia. Sobre el arcón descansaba un ramo de flores, muy parecido al que había atrapado Andi poco antes de que el atractivo veterinario amigo de Gage se acercara a ella.

—¿Qué pasa? —preguntó ella cuando Gage se quedó de pie junto a la cama.

—Me preguntaba si me sentiría diferente tras los votos. Y así es.

—Yo pienso lo mismo… pero no solo por los votos.

—¿Qué? —la mirada de Gage se posó sobre la mano de Brooke que descansaba sobre la barriga—. Pero si te vi beber…

—Lo que me viste fue sujetar una copa en la mano y fingir tomar un trago —ella sonrió.

Emocionado, Gage cayó arrodillado junto a la cama.

—Es la primera vez que te quedas sin habla, papá.

—¿Cuándo?

—Estoy de apenas seis semanas.

—¿Cómo lo sabes?

—La noche que hicimos el amor, después de la visita de mi padre, dejé de tomar la píldora. Pensaba que pasarían meses antes de que fuera fértil, pero nada se puede hacer contra la madre naturaleza y un hombre viril.

—Mi ángel va a tener a mi bebé —Gage se sentó en la cama junto a ella—. El corazón está a punto de salirse de mi pecho.

—Respira.

—¿Respirar? ¡Lo que quiero es gritar! —él se rio y la besó—. Eres mi vida.

—Y tú la mía —susurró ella.

—¿Se lo podemos contar a mis padres mañana durante el desayuno?

—Me sorprende que no estés corriendo ya a casa de la tía Marsha.

—No me tientes —Gage la tumbó sobre la cama y deslizó una mano desde su mejilla hasta la barriga—. Ellos van a tener que esperar. Yo no.

¿Has escrito una novela romántica?
¡Queremos leerla!

HQÑ es el sello digital para los escritores
de novela romántica de habla hispana.

Harlequin, líder de la novela romántica, a través de su
programa **HQÑ**, da la oportunidad a todos los escritores
de habla hispana de ver su manuscrito publicado.

Qué requiere tu novela:
- Una extensión mínima de 100 páginas (Times 12, interli-
neado doble)
- Que sea romántica, no importa la categoría: contempo-
ránea, histórica, erótica, suspense, paranormal…

Si tu manuscrito resulta elegido, te ofrecemos:
- Publicación internacional en formato digital en español.
- Posible publicación en papel.
- Realización de una portada exclusiva para tu manuscrito.
- Apoyo de marketing para el lanzamiento y difusión de tu
libro.

No lo pienses más y envía tu manuscrito a
hqndigital@harlequiniberica.com

¡te esperamos!

HQÑ